はざまにある部屋

沢村 鐵

潮文庫

カバーデザイン◉鈴木正道（Suzuki Design）
装画・挿画◉あきま

目次

プロローグ　6
第一章　黒雲　15
インタリュード♯1　52
第二章　間荘へ　56
第三章　浸食　96

インタリュード ♯2　131
第四章　再びはざまへ　137
第五章　八つ目　215
第六章　雷光　228
第七章　晴れ間　243
エピローグ　256

はざまにある部屋

プロローグ

待ち合わせのオープンカフェに着くと、サナオは端の席に陣取ってノートパソコンを広げていた。

私はニヤつく顔を引き締めながら席に近づく。

サナオがパソコンから顔を上げた。眩しそうに目を細めて私を見る。

会うのは一年ぶりぐらいだった。ちょっと緊張していた自分がバカみたいに思えた。サナオの顔には緊張を解く力がある。気合いが抜けるという逆効果もあるけれど。幼なじみならではだ。

沖正尚、がフルネーム。だけど昔から「サナオ」だ。「まさなお」の「ま」を取ってサナオ。幼稚園の頃からそう呼んでいるんだからいまさら矯正できるはずもない。当時の友達もみんなそう呼んでいたのだ。成長するにつれて「正尚くん」と呼ぶ人間が増えていったが、私はサナオを貫いた。本名がなんかしっくり来ない。サナオはもう、見るからにサナオなのだ。

「ごはんもう食べた？　食べたかったら食べて」

　サナオが訊いてくる。

「だいじょうぶ」

　私は答える。時刻は昼過ぎだが、お腹いっぱいにする気分じゃなかった。カフェラテで充分だ。店員に注文すると、通りを眺める。石畳の遊歩道を人が行き交っている。きょうは日曜日。天下御免の休日だ。おまけに、陽射しあふれる五月。マイナス要素は一つもない。目に入る人たちはみんな人生がうまくいってて、悩みも心配事もない、そんな気がする昼下がりだった。

　私たちはいま、大学三年生。故郷から遠く離れて、東京の、こんなあか抜けた場所で幼なじみと顔を合わせるのはなんかこそばゆい。ふやけた顔を引き締めるのが難しかった。

「学校はどう？」

　私は訊く。サナオに顔の正面を向けないように気をつけながら。

「相変わらず。単位取れてるし、いちおう今んとこ、卒業できるペース」

「上出来じゃない。バイトは？」

「コンビニはやめて、最近引っ越し屋始めたんだ」

「へー。なんか意外」

「でしょ。ガテン系。身体動かしたくなってさ。そっちは?」

「あたしは、ピアノ教室。相変わらず」

「学校は? ま、訊くまでもないか。彩香には」

「ん。問題なし」

サナオは両手を頭の後ろにやって、遠い目をした。

「もう就活のことも考えなくちゃね。彩香はやっぱり、東京で探すの?」

「うーん、たぶんね。サナオも?」

「うん。知雲は仕事ないもんなあ」

ひとしきり大学三年生らしい会話を続けたあと、私たちは椅子の背もたれに深々ともたれかかる。沈黙。

陽射しが贅沢だから、このまま黙っていてもなんの気まずさもない。カフェラテの泡をなめながら、私はひたすらゆったりする。

でもサナオは律儀に、本題を切り出した。

「今日はごめんね、忙しいとこ」

私は黙って首を振る。私たちのあいだに社交辞令なんか必要ないのに。

「でもさ、そろそろ十年だから。いい節目だと思って」

「そだね。ほんと」

私はしっかり頷いてみせた。内心、あんたは気の利くやつだと思ってるんだよ。口には出さないけれど。

年明けぐらいからだ。サナオがメールや電話で、十年前のことに触れ始めたのは。ここ最近はしつこいぐらいだった。

「あの日のことを、ちゃんと書いておこうと思って」

「うん。それは賛成だけど」

私は七分丈のデニムを穿いた足を組み替える。

「書けるの？　あんたに」

小馬鹿にするような調子になってしまった。でも半信半疑になるのも仕方ないと思う。十年前のあの頃、腰抜けとしか言いようがなかった男の子に、あの日のことがちゃんと書けるのか。

「だから力を貸してほしいんだよ」

サナオは口を尖らせる。

「ぼくらの記憶を照らし合わせて、できるだけ正確な記録にしたいんだ。それをノンフィクションか、小説の形か分かんないけど、いちばんいい形にしてまとめたい。あんな経験……めったにあるもんじゃないだろ？　これ以上時間が経つと、さすがに記憶がぼやけて曖昧になってきて、なんかもったいないっていうか取り返しつかないっていうか。いまになってちょっと焦ったりして」

「よく言うよね、ほんと。大事なときに気を失ってたくせに」

私は言ってしまう。サナオが凹むのを承知で。

案の定、サナオはしょげた顔になる。でもきょうはサナオをいじめるのが目的じゃない。

「書いて、どうするの？」

私はフォローするように笑顔で言う。

「うん。まあ、それはあとから考えるけど。とにかくちゃんと記録にまとめておこうよ」

私は頷く。実際、ずいぶん前に話したときでさえ、二人の記憶が食い違っているところがあった。細かいところだけど、決定的に。

サナオだけに任せておいたら、記録は私の記憶とは微妙に違うものになってしまう。

それはそれで面白いとは思う。でもやっぱり、私の物語が消えてしまうのは残念だ。

あれから十年になる。……ほんとうだろうか。

昨日のように鮮(あざ)やかなところもある。ひどくぼんやりした、生まれる前の記憶のような気がすることもある。

私たちの故郷の町であったあの不思議な出来事。

はざまの場所で起きた信じられないような物語。

それを、私たちは今日、気が済むまで語り尽くす。なにもかもを思い出すのだ。

怖い。でもワクワクする。

あの日がなかったらいまの自分はないから。

あんなに怖かったけど、あんなに大切な思い出はないから。

「……で？」

私は訊く。

ん？　という感じでサナオが首を傾(かし)げる。

鈍(にぶ)いな、とちょっとイラッとする。

「ほんとなの？」

「なにが？」

ますますイラつく。でも私は、思い切って訊いた。

「ほんとに……来るの？」

「来るよ」

サナオは胸を張った。

「待ち合わせ時間は三時。それまでに、ぼくらは記憶を洗いざらい出しておくんだ。訊きたいことをまとめておく。そう決めたよね」

「……うん」

我ながら頼(たよ)りない声が出た。

ここで待ち合わせているのは、私たち二人だけじゃない。

私たちだけでは不充分なのだ。

時間はずらしてある。まだ来るのはずっと後なのに、私はすでに緊張している。

顔を見るのは十年ぶりだ。

あの頃は子どもだった。でもいまは、そうではない。私たちは二十歳を超(こ)えた。立派な大人かどうかは知らないけれど、一応は大人。

だけど目の前の男を見ると、どこのだれが大人なのかと思う。珍しくネクタイなんか締めてて、おしゃれのつもりだろうけど笑っちゃうほど似合わない。し慣れてないのが一目瞭然（いちもくりょうぜん）。結び目も変。男子はたいがい、ネクタイを締めれば男ぶりが増すものだと思うけど、こいつに限っては犬の首輪みたいに見える。

「さあ、どこから始めようか」

サナオは手をすりあわせて目を輝（かが）かせた。私は言う。

「やっぱり、和枝（かずえ）が学校来なくなったところからじゃない」

「ああ。そうだね」

サナオはパソコンのキーボードに手を置く。なめらかに文字を打ち込み始める。私は訊いた。

「ねえ、十年前のカレンダーって出せる？」

「うん。ネットにつないであるから」

「たしか、祝日明けだったんだよね。あたしがおかしいって思い出したの」

「あ、そう。……出たよ。九月十七日が敬老（けいろう）の日だから、この辺り？」

「そうね」

「そかそか。和枝って夏休み明けから、ほとんど来なくなったんだもんなあ」

そのときふいに、私は思い出す。

「彩香ちゃん」

私を呼んだあの声を。

十年前、十一歳の私の耳が聞いたあの言葉を、鮮やかに。

「あなたにしかできない」

彼女はそう言った。

そして私は震えたのだ。

第一章　黒雲

和枝が学校に来なくなった。

思えばそれがすべての始まりだった。

あの頃、空はずっと曇っていた気がする。和枝が学校にいないあの時期、町に陽が射したことがあっただろうか。

たぶんあって、憶えてないだけなんだと思う。でもそれだけ暗かった印象があるということ。終わらない曇り空が果てもなく続いている。そしてしょっちゅう、雨が落ちてくる。そんなイメージだ。

私たちは小学五年生だった。

和枝は私たちの同級生。フルネームは片岸和枝。

朝、学校に来て最初にするのが、窓際の前から三番目の和枝の席を確認すること。

きょうもいない。二学期が始まってから、それが日課になってしまった。

和枝がなんの前触れもなく学校に来なくなっても、私は初めまったく心配しなかった。もともと月に一、二度は休む子だったから。身体が弱いわけじゃない。家庭にちょっと問題があった。

和枝にはお父さんがいない。母子家庭。そしてひとりっ子。お母さんが町を離れなくてはいけないとき、和枝はこの町に一人になる。

そういうとき、和枝は学校に来なくなる。

一人で淋しいなら学校へ行って友達と会えばいい、って言う人もいるかも知れない。でも、それでかえって学校に来なくなるっていうの、私には分かる気がした。

和枝にはもともと友達が少ないのだ。転校生で、前の年、四年生のときに転校してきた。となりの県から。だから学校になじんでいない。なじむ気があるようにも見えなかった。

あまりしゃべらない子だった。めったに笑顔を見せない。ぐっと押し黙って、なにかをこらえているような顔をしていることがよくあった。

口数の少ない、なに考えてるか分からない暗い転校生。みんなからはそう見えていた。

五年生に上がると私と同じクラスになった。私とは、それからの縁だ。

和枝は四年生の三学期に転校してきたから、五年生で同じクラスになったとき私は和枝のことをなにも知らなかった。ほかのみんなも、なじみのない子をちょっと遠巻きに眺めていた。孤立してる、というのが第一印象だった。初めはクラス委員としての使命感みたいなものから話しかけたんだけど、私がそういう立場でなかったら、話しかけさえしなかったかも知れない。

でも私はすぐ、クラス委員としてではなく、「寺前彩香」として向き合うようになった。

和枝は他のクラスメートとまったく違っていた。いつだって眼差しが落ちついていた。はしゃいだりするところを見た覚えがない。

たとえば掃除のときは、水道のところまでバケツを持っていって、雑巾を水に浸して絞るのとか、みんなやりたくなくてなんとなく避けてることを、いつも率先して黙々とやる。しかもこれ見よがしじゃなくて、気がつかせないほどさりげなく。おかげで掃除がスムーズに進む。でもみんな彼女に感謝もしない。私はちがう。

「いつもありがと」

思いきって声をかけると、和枝は目を伏せて「早く終わりたいから」とだけ答えた。

話しかければちゃんと答える子だと分かった。でも自分からはしゃべりかけてこない。

見てれば見てるほど、子どもらしさのない子だった。クラスのなかに一人だけ高校生が交じっているような感覚だ。

掃除も結局、早く帰りたいって言うわりにおしまいまで残っている。最後の作業、ゴミ袋の口をぎゅっと縛って、校舎裏の焼却炉まで運んでゆくのも黙って自分でやる。私がやろうと思っていても、いつのまにか先を越されている。そういうところが「この子はちがうなあ」と思わせた。

新入生を迎えてのオリエンテーリングのときもそうだった。校庭を行進するリーダーをやった十何人の中で、いちばん口数が少ないのに、集まる子どもの数がいちばん多いのは彼女だった。先生と間違えたんじゃないかと思うくらいだ。上級生のなかで、彼女がいちばん大人に見えたんだろう。気紛れで、子どもっぽくて、すぐ怒り出しそうな上級生には近寄りたくないものだ。私もそうだったから新入生たちの気持ちは分かる。小さい子は大人と子どもを嗅ぎ分けることができる。和枝は、五年生とは思えない落ちつきとか、包容力、信頼感。そういうものを感じさせるのだった。

でも和枝は、どうしてそんなふうに、他の同級生とちがっているのか。

家庭環境のせいもあっただろう。でも、生まれつきそういう性格だって気もした。私は、そんな和枝にすごく惹かれたのだ。休み時間や放課後はよく彼女の席まで行って、お弁当食べようとか一緒に帰ろうとか言うようになった。彼女は断らない。会話は弾(はず)まなかったけど、でも少しずつ、口数は増えていった。好きな教科とか（国語と音楽）、嫌(きら)いな先生とか（いない。前の学校にはいたけど）、なんでもないことでも、和枝のことが一つ一つ分かるたびに嬉しかった。

もっと和枝と一緒にいたくて、私はちょっと不正をした。席替えのときに、クラス委員の特権を利用して和枝と自分をこっそり同じ班(はん)にしたのだ。遠足でも運動会でも私たちはいっしょに行動した。二人三脚競走でもペアになったぐらいだ。いつまで経っても話が弾むようにはならなかったけど、私はそばにいたかった。和枝の顔を見ると安心するのだ。

秋の修学旅行でも、絶対に同じ部屋にしようと私はすでに決めていた。

私がなにかと和枝をかまっているうちに、向こうも私のことをちゃんと気にかけるようになってくれた。向こうから私を探してくれているような気がするときは嬉しかった。

この学校に馴染(なじ)むためならなんでもしてあげたい。たいてい暗い顔してるから、できるだけ明るい顔にしたい。私が本気でそう思っていることを、和枝も感じてくれた。だから私を信頼して、少し頼ってくれるようになったんだと思う。

私は嬉しくなってすっかり調子に乗った。週末は街まで遊びに行こうとか強引に誘ったりして、彼女を放っておかなかった。別のクラスだった幼なじみのサナオも巻き込んで、町で唯一の映画館に行ったり、遊戯場に行って卓球したり、河で水切りしたり、私の家でアニメのビデオを観たりした。

振り返ると、ウザいくらいだった。はしゃぎすぎだったと恥ずかしい。

でも和枝は私を拒まなかった。サナオのこともすんなり受け入れてくれた。紹介するとき、私は気を遣ったりしなかったと思う。和枝なら、だれかをむやみに嫌ったりしないと分かっていたから。サナオは誤解を受けやすいキャラで、ちょっと気弱でお調子者で、女子たちから見下されてるところがあったけど、和枝はまわりに流されたりしない。きちんと友達扱いしてくれた。

忘れられない和枝のセリフがある。

サナオと三人で、電車でちょっと遠出して動物園に行ったときのことだ。

「ありがと、誘ってくれて」

唐突にお礼を言われた。忘れもしない、レッサーパンダの前だった。

「こんな親切な人たちがいてよかった」

思いがあふれて、つい口に出てしまった。そんな様子だった。

私はなにも返せなかった気がする。サナオはヘラヘラとどうでもいい返しをしていたけど、振り返って思う。これが同級生に言うセリフだろうか。

トラや、バクや、トムソンガゼルやフラミンゴ。次々と眺めながら、和枝の唐突なお礼の言葉が自分のなかに沁(し)み込んでいった。

お礼を言ってほしくて誘ったんじゃないし、こっちが好きでやってるだけだったから、私は逆に「気遣われてるなあ」と思ったぐらいだった。やっぱり和枝は精神構造が大人だ。だれかに甘えるつもりがない。環境のせいで早く大人にさせられてしまった。

だから好きなのかも知れない。私は改めてそう感じたのだった。

いくら和枝の口数が多くなくても、いっしょにいると分かってくることがある。

「お母さん、とにかく運が悪いから」

和枝がたまに、ぽろっと口にした言葉。

それってたぶん、お母さん本人の口癖(くちぐせ)でもあったんだと思う。わたしはとにかく運が悪いのよ……どうやら和枝のお母さんは、だんなさん――和枝のお父さん――との夫婦仲がこじれにこじれて親戚(しんせき)まで巻き込んで、もといた町を出るしかなくなったらしい。

和枝がはっきり言ったわけじゃない。けど、察するにお父さんが浮気をしたらしい。和枝はもちろん、お父さんよりお母さんの肩を持っていたんだろう。だからこそお母さんについてきたのだろうし。だけど和枝には、どっちの味方とかいうのを超えて、突き抜けたあきらめみたいなものを感じた。大人の世界にはいろいろある。泣いてもわめいても始まらない、とでもいうような。

お母さんは仕事も辞めて、新しい仕事を探してこの町に来た。なかなか見つからないらしい。

「でもお母さん、頑張ってるから」

どんなに運が悪くてもへこたれない。そんなお母さんのことを誇りに思っている気持ちが、控えめな言葉から伝わってきた。

でもいま思えば、いちばん運が悪かったのは、あのアパートに入居したことだった。私はしみじみそう思ってしまう。

和枝のお母さんの悪運は、本当に……半端じゃなかったのかも知れない。

和枝の住むアパートは山の上に建っていた。

といっても高い山じゃない。標高は、あってもせいぜい百メートルぐらい。頂上まで行こうと思えば、ルートにもよるけどたぶん二十分やそこらで行ける山の中腹に、そのアパートはあった。古い木造の、たった六部屋の造り。けっこうな角度の斜面を登らなくてはならないから、行くだけで少し疲れる。景色がいいことだけが取り柄みたいなアパートだ。

でも和枝のお母さんにとっては、仕方なかったんだろう。あのアパートは町でいちばん家賃が安かった。選択の余地がなかったのだ。

私は片岸家にお金がないことを知っていた。和枝が学校に着てくる服を見ても、家計が苦しいことは分かった。決まって紺のワンピースか、ベージュのポロシャツのどっちか。スカートはたいてい、すり切れたデニム。上から羽織るカーディガンは茶色のが一着だけ。

でも和枝はそんなことには文句一つ言わない子だった。お母さんのことは決して悪く言わなかったし、二人をつらい目に遭わせたお父さんについてさえ、恨みがましいことは言わなかった。ほんとに、大人だ。

五年生の一学期だけで、私たちの心の距離はすごく近づいた。そんな実感があった。こんなふうにできた友達はいままでいなかったし、こんなに急速に好きになったり、子どもっぽくないつきあい方ができる友達がいた覚えもない。

でも夏休みはあまり会えなかった。私がおじいちゃんとおばあちゃんのいる浜松に行ってたり、帰ってきたときにちょうど町に和枝がいなかったりして（お母さんとどこかに行ってしまってた）、一日か二日会えただけだ。

九月になって二学期が始まった。一学期のときのように、いっしょに楽しく過ごせるとばかり思っていた。

ところが和枝は休み始めた。先生が出欠をとるとき、当たり前のように和枝をとばすようになり始めても、私はちょっと苛つくぐらいだった。でも——

ついにまる一週間学校に来なかったのだ。

九月の半ば。ようやく涼しい日が多くなってきた頃だった。

夏休み明けはちゃんと学校に来てたのに、どうして？

私の意識が変わったのは九月十八日、火曜日。敬老の日明けだった。いてもたってもいられなくなった。私は数日前から決めていた。この週明けに和枝が学校に来なかったら、担任のところに行くと。

決めていたとおり先生のところに和枝のことを訊きに行くと、

「しばらく学校に行けません、って連絡があったきりだ。こっちから電話しても出ないんだよ、だれも」

そう言って首を傾げた。担任の上川先生は四十代、今年度赴任してきたばかりだった。前は都会の学校にいたらしい。ちょっとダンディで、髪型をきちっと整えていたり、パリッとしたワイシャツを着てるところが、田舎のモサッとした先生たちとは違って見えた。

「片岸の家に行ってみるよ。しかし、あそこへ行くのは少し疲れそうだな」

　そう言って笑う。冗談のつもりなのは分かった。けど、私はなんだか傷ついた気分になった。

「あんな山の上に人が住んでるとは思わなかったよ」

　よそ者としては当然の感想。見るからになにもない山だし、単純に、上り下りが億劫だというのもあったんだろう。

　いろんな事情の人がいるんだからしょうがないじゃない。住む場所が選べない人もいるんだよ。そう思ったけど黙ってた。私が腹を立てても仕方ない。

　上川先生はまだいい。この町の人が、あの山を嫌っていることを知らないから。この町で生まれ育った人はめったに足を踏み入れない。ましてや、住もうなんて思う人はいないだろう。いわくつきの山だから。

　この町は古戦場だった。たしか室町時代か、もっと前の話。当時の日本の支配者（だれだかよく分からない）の武士団と、この地方の豪族が激突したのが、まさにこの町の盆地だったらしい。いまは繁華街になっている辺りだ。街角に記念碑がある。たくさんの戦死者が出た。

あの山は当時、地元の豪族が本陣を構えた場所。上から戦場を見下ろして指揮を執ったのだ。町の真北に位置している。いちおう、積山って名称はあるみたいだけど、みんな「山」「あの山」としか言わない。

結局この地方の豪族が負けて、武士や将軍が皆殺しにされて、首が斬られて晒されたのもあの山だ。

何百年も前の話だからどこまで本当なんだろうと思うけど、首塚があるから本当なのだろう。山の中腹に、やけに立派な石造りのテーブル状の碑がある。看板が立っていて、歴史的な事実を細かく説明している。町のご先祖様たちはすごく勇猛果敢で、相当激しく抵抗したらしくて、だからこそ当時の中央政府は、派手に首を飾って見せしめをしなくちゃならなかったらしい。

首塚は男子に大人気の心霊スポットで、血だらけの鎧武者を見たと言う男子が各クラスに二、三人は必ずいる。私は、ひねりのない嘘話だと決めつけていた。男子たちの顔を見ていれば分かる。怖がって楽しみたいだけなのだ。

だから私は、首塚へ行ってもゾッとしたりしなかった。行ったのはずいぶん昔だけど。だれかと遊んでるうちに山に入って、上まで探検したのだ。男子と女子が二人ずつぐらいいたと思う。サナオもいただろうか。たぶん小学二年生ぐらいの頃だ。

　でもそうやって山に入るのは子どもくらい。あとは、よそから来た歴史マニアがわざわざ写真を撮（と）っていくぐらいで、町の人たちは山や首塚に無関心。年に一度、夏祭りのときに神主さんが祝詞（のりと）を上げる儀式があるだけだ。あれで鎮魂（ちんこん）しているのだろう。

　山には首塚の他にも、由縁（ゆえん）の分からない祠（ほこら）がいくつかあった。でもたぶんだれも手入れをしないで放っておいてる。とにかく山は、まるでこの町じゃないみたいにだれも関わろうとしない。だから山に生えている木もただ雑多（ざった）に生（お）い茂（しげ）っていて枝も伸び放題で、おかげで山道はひどく暗い。カラスたちは喜んでいると思う。この町に棲（す）むカラスたちの根城（ねじろ）は、まさにあの山。ガアガアとうるさい鳴き声がよく町まで響（ひび）いてくる。ますますみんな山を嫌がる。そういう具合だった。

　和枝が住んでいるアパートは、そんな山のなかにあるのだ。私はそれがかわいそうで、でも同情めいたことは口にできなかった。さすがに失礼だと思って。

　和枝の目から消えない憂（うれ）い。深いところにある、あきらめのようなもの。

　それは、あんな山に住んで、毎日毎日淋しさを溜（た）め込んでいるからじゃないか。そんな気もしていた。だけど、遊びに行ってもいい？　とは冗談にも言い出せない。山で遊んでもなにも楽しくない。それが正直な思いだった。みんなが山を嫌う理由と、私が嫌う理由は同じかどうか分からないけど。

私の場合は単純だ。カラスが嫌いなのだ。首塚が怖いんじゃない、怪談なんか信じない。あの黒い下品な鳥のほうがよっぽど気持ち悪い。人より獣のテリトリー。そういう生々しい雰囲気が、生理的にいやなだけだ。

でももうそんなことも言ってられなくなってきた。

和枝の家の電話番号は知っていたから、私はすでに何度か電話していた。上川先生と同じで、だれも出なかった。

だけど、先生が山の上まで行ってくれる。すごく有り難いと思った。私は思い切って言った。

「あたしもいっしょに行きましょうか」

「いやいや、そういうわけにもいかないよ。ご家庭の事情があるだろうから」

先生はすぐそう言った。

「前から家庭訪問しようとは思ってたんだ。お母さん一人で大変みたいだし。他人には聞かれたくない話もあるかも知れないからな。俺一人で行ってくるよ」

他人、ってところに内心カチンと来た。それに結局、私を子ども扱い。こんなに心配してるのに。先生なんかよりよっぽど和枝のこと心配してるんだから。

　上川先生は、私がクラス委員としての責任感からこんなことを言ってると思ってるのかも知れない。ちがう。和枝が大切な友達だからだ。そんなことわざわざ説明しなかったけど。

　でもとりあえず安心した。先生が訪ねれば、さすがに事情が分かるだろう。

　私は期待して、翌日の水曜日を迎えた。

　まさか先生に会えないとは思わなかった。

　朝のホームルームに上川先生が来なくて、代わりに副担任の吉泉先生が来たのを見たとき、なんだかだまされたような気分になったのを憶えている。

「上川先生は急病でお休みです」

　急病って？　でも吉泉先生は詳しいことを言わなかったので、ホームルームが終わったらすぐ教壇まで飛んでいった。

「上川先生どうしたんですか？」

　相手はちょっとおどおどした表情になった。私の勢いに驚いたのだろう。

　吉泉先生は二十代の女の先生で、教員になりたて。先生というよりまだ半分学生みたいな感じだった。生徒たちにもなめられてるところがあった。身体が小さいのもあって、子どもみたいに見えたりもする。もしかすると、昔はいじめられっ子だったんじゃないかという気がした。私の胸の底のほうで、変にうずくものがある。

「急病ってなんですか？」

私の顔を見て、タチの悪い生徒じゃないと思ってくれたみたいだった。クラス委員だってことも思い出したのか、落ちついてしゃべり出す。

「熱がひかないみたい。元気のない声で連絡があったわ」

「お見舞い行くんですか？」

「うん。お一人だから心配」

上川先生は結婚してるけど、この町には単身赴任だ。

「上川先生、きのう片岸和枝さんの家庭訪問したはずなんですけど」

私は勢い込んで言う。

「片岸さん、ぜんぜん学校来ないから心配してて」

「そうなの？　じゃそのことも訊いてくるわ」

吉泉先生はそう言ってくれた。

その時点では、私はまだそれほど切迫感は持っていなかったと思う。上川先生はたまたま、タイミング悪く体調を壊しただけだ。きっと昨日、和枝には会えていて、もう事情が分かってる。和枝のほうも心配されてることが分かったから、そろそろ学校に出てくるかも。そう期待していた。私は、能天気すぎた。

翌日の九月二十日、木曜日。ホームルームに出てきた吉泉先生に訊いたら、

「先生に会えなかったの」

という答えだった。

「ドア越しに声だけは聞いたけど、相当苦しいみたいで……」

私は唖然としてしまう。そんなに重い病気になったのか？

上川先生も心配だけど、正直、和枝のほうがずっと心配だ。今日も登校してこなかった。これでもう欠席十日目だ。私がそう言うと、

「じゃ、あたしきょう、片岸さんのお宅にお邪魔してみるから」

そう言ってくれた。

「お願いします」

私は心から頭を下げた。よっぽどまた、あたしも行きますって言いそうになったけど、木曜日はあいにくピアノの先生が来る日だった。放課後はすぐ家に帰らないといけない。吉泉先生に任せるしかなかった。

でも――その日の放課後からだった。得体の知れない予感のようなものが、少しず

つ膨らんできたのは。

帰り道、家に向かって歩きながら、嫌な予感はもわもわと広がって胸のなかがいっぱいになった。理由が分からない。なにかが起きてる、なにかよくないことが――なのにどうすることもできない。そんな気分だった。

思わず山のほうを振り仰ぐ。

ずっと上のほう、木々の間に隠れていたけど、和枝のアパートはかすかに見えた。自分が人より臆病だとは思わない。私だってあの山に入れる。好きじゃないけど、登っていける。ただ今日は無理ってだけ……見えるんだからだいじょうぶ。かすかにだけど、ここからも見えるんだから。

そう自分に言い聞かせた。いま吉泉先生は、あそこに向かってえっちらおっちら登っている最中かも知れない。あんな小さい人に、体力がなさそうな人に、悪かったかな。だけどお願い。ほんとに和枝が心配だから……こんなに長く学校に来ない理由がまったく分からないんだもの。電話にも出ないなんて絶対おかしい。

道の真ん前からだれか来るのが見えた。

げっ、と思った。

面倒くさいやつに会ってしまった。かといって逃げるわけにもいかない。逃げたら必ず追いかけてくるからだ。このまま前に歩くしかない。私を無視してすれ違ってくれることを祈るしかない。

でもあんまり望みがないことは分かっていた。そして案の定――

そいつは私の前に立ちふさがった。

私は相手の表情を確かめた。いつもの仏頂面だ。

なにか言いたそうな目をしてる。だけどなにも言わないことは分かってる。

前だったら「なによ！」とか「近寄らないで！」とか言ったものだけど、もうそんなムダなことはしない。意味がないからだ。

桂次郎めー……。

私は目をそらして前に進もうとする。相手はそれを許さない。私が身体の向きをずらすとすかさず身体を入れてくる。進むのを阻止する。バスケットのディフェンスみたいに。これも、いつもの通り。

桂次郎は学校から尾けてきた。で、先回りして私を待ち伏せしたんだ。

イジワルされながら、私は変な懐かしさを感じていた。顔を見るのがちょっと久しぶりだったのだ。二学期になって初めて。

桂次郎は、同級生。となりのとなりのクラス。久しぶりの嫌がらせだから気合いが入っている。かなりしつこい。

無言の攻防がひたすら続いて、さすがに我慢の限界が来た。私は力ずくで、強引に前に進もうとした。

桂次郎は許さない。私の肩に手をかけて押し返した。

私は意地になって足を踏んばって前に進む。

桂次郎はついに突き飛ばした。

私は地面に仰向けにひっくり返った。

桂次郎は私より身体が小さかった。当時私はすでに一六〇センチあって、最終的に、高校のとき一七〇センチまで伸びた。まあ、大女だ。私が全力で向かってきたら突き飛ばすしかないのだ。

背負ったランドセルを潰すような形で地面にひっくり返った私を、桂次郎は黙って見下ろすだけ。と思ったら、次の瞬間ダッと駆け出した。だれかに見られて怒られるのを警戒したのだろう。

いなくなった。

やれやれ、という感じで私は身体を起こした。

どこも痛くない。こんなのたいしたことじゃない。義務を果たしたというか、税金を払う感覚に近かった。ちょっと我慢すればいいだけ。服についた土ぼこりを払い、私は何事もなかったように歩き出す。ほんとにたいしたことじゃない。

学校の外で嫌がらせされるのは珍しいけど、初めてじゃないし。いつもは学校のなかで、隙を突くようにいろいろやってくる。廊下の角で待ち伏せされて足を引っかけられたり、いきなり背中をボールペンで突かれたり。消しゴムを顔に投げつけられたこともある。

桂次郎は私を目の敵にしていた。桂次郎がほかの人に嫌がらせしているのは見たことがないから、私のことを特別に憎んでいるのだろう。そしてそのことをだれも知らない。嫌がらせを目撃したことがある同級生はけっこういると思うけど、みんな知らんぷり。自分にはカンケーないや、ってすぐ忘れる。

もともと桂次郎はみんなに敬遠されている。だれも関わりたくないし、興味を持っていないから、だれのことを嫌いで、なんで嫌がらせしてるかなんて知るわけない。たまに暴れ出す子だった。授業中、理由もなく席から立って教科書を黒板に投げつけたり、ノートをビリッと破いたり、近くの子のペンケースの中身を床にぶちまけたりする。ぎゃーっという声を上げてるのを見たこともある。

大人になってから振り返ると、彼は、なんらかの情動障害だったのかも知れない、と思う。アスペルガー症候群とか、多動性障害の類だ。

でも専門の治療を受けてる気配はなかったし、先生方も特別な対策は立ててなかったと思う。発作みたいなことはたまにしかないし、ふだんはおとなしいから問題にするまでもないと思っていたのだろう。私にとっては大いに問題だったけど。

でも私は先生や友達に一言も相談しなかった。つらいなあと思うこともあったけどぜんぶ一人で呑みこんでいた。それは、どうしてか。

罪悪感みたいなものがあったんだと思う。

桂次郎が私にちょっかいを出すのは、復讐だ。私はそう思っていた。

そして、私がちょっとひどい目に遭うのは当然。

あの頃、そう感じていた。私は自分を信じ切れない。自分のことを好きになれないというか、どうしても嫌いなところがなくならなかった。

だからたまに、自分なんか消えてなくなれって捨て鉢な気分になる。苦しくてどうしようもなくなって、だれとも口をきかなくなる日が、年に何回かある。昔の自分を思い出すと必ずそうなる。

私はかつて、乱暴で、すぐキレる子どもだったのだ。小学校低学年の頃は、いまの桂次郎が可愛く見えるくらいタチが悪かった。

実を言うと、意味もなくサナオを殴（なぐ）ったこともある。小学一年生の頃だ。あれはさすがにサナオもショックだったみたいで、何ヶ月か寄ってこなかった。

私は成長が早くて、身体が大きくなるのも早かった。だから当時の同級生はみんな弟か妹みたいに見えた。私はとにかく威張（いば）っていた。言うことを聞かないとイライラした。

そして当時、サナオよりも一緒にいて、よく遊んだのが木田（きだ）桂次郎だったのだ。

公団住宅でとなり同士だった。私は毎日のようにとなりに行っては、桂次郎を呼び出して連れて歩いた。

正直に言おう、私は桂次郎のことを家来だと思っていた。私の言うことはなんでも聞く。駄菓子（だがし）屋でお菓子を買って来いって言っても、アリやクモを踏みつぶせって言っても、気に食わない女子に蹴（け）りを入れて来いって言っても、桂次郎は絶対に逆（さか）らわない。

もし逆らったら、私は桂次郎を殴った。

ちょっと反抗的な目をしただけで殴ったこともある。

なんで私はあんなにイライラしていたのか。すでに私は大きいほうで、桂次郎は当時もチビで、落ち着きのないサルをしつけているようなつもりだったのかも知れない。

当時の私は、クラスのグズな女の子にしきりにイジワルを言ったりもした。いじめ、までは行かなかったと思うけど……でも、やられたほうからしたら、立派なイジメに感じられただろう。

たぶん私は、みんなから怖いと思われていた。女のくせに、ガキ大将みたいな存在だった。とにかく威張り屋さんだったのだ。

だが――小学三年生の三学期に革命が起こった。私のなかで。

突然悟(さと)った。自分はイヤなヤツだ。あたし、こんなヤツ嫌いだ、って。

おかしな話だけど、本当なのだ。変わろう、と思った。もっと親切な人間になろう。そう決めた。ある日、いきなりだ。

きっかけがあったのかも知れないけど、思い出せない。サナオを泣かしてしまったのか、だれかになにか言われたのか。それとも、私じゃないだれかがだれかにイジワルしてるところを見たのか……いや。アニメかドラマの影響。案外そんな単純なことかも。どれが直接の理由か、本当に分からないのだ。

ちょうどそのとき、少し大人になった。それだけのことかも知れない。ちょっと客観的に、自分が見えるようになったのかも。突然鏡(かがみ)に自分が映(うつ)ったみたいに。

ってことはやっぱり、サナオや、ほかの友達の、怯(おび)えたような顔のおかげかも知れない。どれもこれも、どこか卑屈な、私の機嫌をうかがうような顔だった。

私は威張り散らすイヤな女王様だ。みんな、私にいじめられたくないからイヤイヤつきあってるだけ。そんなの、友達とは言えない。

だれにもイジワルなんか言わない人間になろう。

殴ったりとか、そういう分かりやすい乱暴はもうしなくなってたけど、金輪際しない。なにがあっても。

私は、そういう決意とともに学校に行くようになった。

効果はすぐ現れた。サナオの怖々とした表情が消えていくのが分かったのだ。

サナオはそれまでビクビクしながら私とつきあっていた。でも、だんだんふつうの幼なじみになれてる。そう感じられて嬉しかった。

　でも桂次郎とはそうはならなかった。

　よく同じクラスになったサナオと違って、桂次郎とはクラスが離れてばかりだった。

私が引っ越してしまって家も離れたし、距離を縮めるチャンスもなかったのだ。

　変に成長が早かったからだろう、五年生になって柄にもなくクラス委員なんかやるようになった。そして、昔私がイジワルした女の子とも、また同じクラスになってしまった。名前は室浜美奈子。

もちろん、私はもう美奈子にイジワルなんか言わない。話しかけさえしなかった。だけどそれが逆に、向こうからすれば無視されているような気分だったかも知れない。ふと気がつくと、傷ついたような目で私を見ていることがあった。

私のほうがよっぽど傷ついた。なんでそんな目で見るのよ……あたしなにもしてないのに。あんたを無視してるんじゃないの。怖がらせたくないのよ、昔のことを思い出させたくない。私も思い出したくない！

逃げているのは私のほうだった。とにかく、話しかけることができない。

美奈子はいま、私のことをどう思ってるのか。クラス委員なんかやってマジメぶってるけどあんたの本性知ってるわよ……そんなふうに思ってる気がして仕方なかった。

私は文句を言えない。本当にそうだと思うからだ。

私は意識しないと人に親切にできない。

自然に親切にできる人たちが眩しい。かなわない、と心のなかで白旗を揚げてしまう。

乱暴で威張り屋の、厄介な獣みたいな自分は、まだ私のなかにいる。

気をつけてないとまた出てくる。そんな恐怖がある。

和枝と出会ったのが、私が変わったあとでよかった。心底そう思った。せめてもの慰(なぐさ)めだ。サナオみたいに、いじわるだった頃の自分を憶えていてほしくない。本当はろくでもないやつだなんて思われたくない。

だから桂次郎は、こだまのようなものだと私は思っていた。昔したいじわるが、桂次郎を通して返ってくる。私の過去の罪を忘れないようにしてくれる。

もちろん、桂次郎が本当はなにを考えているのかは分からない。とびきりの変わり者だし、昔のことなんか忘れてしまってるかも。私の顔が気に食わないから嫌がらせするだけかも知れない。

だれともしゃべらないから、桂次郎には友達もいなかった。落ちつきは昔からなかったけど、いまほど変わり者だったって記憶もない。私と遊んでた小さな頃はもっと喋っていた気がする。

どうしてここまで浮くようになったのか。

それはたぶん、家族がどんどんいなくなったことと関係がある気がする。桂次郎のお母さんは病気で亡くなって、父子家庭になった。桂次郎にはちょっと歳(とし)の離れたお兄さんがいたんだけど、家出して行方不明になって、お父さんと二人きりになった。

どちらも、小学校低学年の頃の話だ。あの頃は私が子ども過ぎて同情した記憶がないけど、だから家来みたいに扱ったり殴ったりしてしまったんだけど、桂次郎はあの頃、ほんとうにつらかったに違いない。多少変わり者になったってしょうがないくらい。

でも桂次郎のことなんかどうでもいいや。帰り道を踏みしめながら思った。どうせあいつとは会話が成立しないんだし。

心配なのは、和枝だ。

吉泉先生はそろそろ、山の上で和枝と会っているだろうか？

今度こそ事情が分かる。明日の朝だ。

家に帰って、ピアノのレッスンが始まってから気づいた。地面にひっくり返ったときにちょっと突き指してしまったらしい。おかげでうまく弾(ひ)けなくて、先生に怒られてばかりいた。

そして翌朝。九月二十一日金曜日。

朝のホームルームにやってきたのは、教頭先生だった。

私は思わず身を乗り出してしまう。

「えー、上川先生も吉泉先生もお休みです。悪い風邪(かぜ)でも流行(はや)っているのかも知れない。みなさんも、気をつけてください。あー、うがいと手洗いを忘れないように」

白髪(しらが)頭で、レンズのぶ厚いメガネをかけた教頭先生は変にのんびりした口調で言った。

私はすごく強(こわ)ばった顔をしたと思う。風邪？　だって、このクラスで休んでる生徒は一人もいないのに。和枝以外は。おかしい。

だめだ。もう自分で確かめるしかない。

授業になんか身が入らなかった。早く放課後になってくれ。私はそればかり考えていた。

自分が行く。山の上へ。

そしてこの目で確かめる。和枝に会うんだ。

その日の昼休みのことは、忘れられない。給食のあとのことだ。

お手洗いに行って教室に戻る途中で、廊下を歩いているとサナオに出くわした。

となりのクラスだから、廊下で会うことはよくある。いつも「やっ」とか「よっ」とかあいさつしてすれ違うだけだけど、今日はいつものサナオと違う。私は立ち止まった。

サナオが小さな女の子を連れていたのだ。

見覚えがない子だった。小学、一年生か二年生ぐらいに見える。でもこの学校の生徒か？　いや、こんな下級生はいない。この女の子は——黒い眼鏡をかけている。

「彩香。紹介するよ。この子、満座小学校の子」

となりの小学校の名前。どういうこと？　純粋に興味が湧いた。

「初めまして。黒瀬澪です」

女の子は私に向かって丁寧に頭を下げた。

「サングラスのままで、失礼します」

「この子、ちょっと目に問題があるんだ」

「光に弱いんです」

ずいぶんしっかりした子だなと思った。口の利き方が子どもっぽくない。きちんと敬語が使えている。頭がよさそうだ。

「何年生？」

「二年生」

サナオが言う。女の子が頷いた。

「前に学校訪問で知り合ったんだ」

「学校訪問？」

私は首を傾げてから、思い出した。ああ、あれか。私も参加したことがある。

私たちの市は近隣の学校同士の交流を奨励していて、無作為に選ばれた生徒が学外で行動を共にするという慣習があった。

「河原のゴミ拾いとか、老人ホームの訪問でいっしょになって。ぼくら、コンビになることが多くてさ。仲良しになったんだよ」

「そうなんだ。あたし、あやか。寺前彩香。よろしくね」

「よろしくお願いします」

黒瀬澪という女の子はまた深々と頭を下げた。親のしつけがいいんだろう。

「きょうはどうしてここに？」

私たちの崎山小学校になんの用があるんだろう。

「わたし、転校することになったので、沖さんにごあいさつに」

「へー。こんなやつに、わざわざ？」

私はつい言ってしまった。

「はい」

「いいじゃん。ぼくと澪ちゃん、名コンビだったんだから」

サナオが口を尖らせる。

「神社のお賽銭泥棒見つけたのぼくらだったし、猫イジメの犯人もとっちめたんだよ！　幼稚園から逃げたウサギも見つけたし、しゃくなげの里でいちばん人気があったのも、ぼくらなんだぜ……」

意味の分からない自慢話を私は聞き流した。澪に向かって聞く。

「どこに転校するの？」

「デュッセルドルフです」

「え、外国？」

「はい。ドイツ」

「へえ～」

「家族の仕事の都合です」

受け答えがしっかりしすぎていて、私はちょっと眩暈がした。なんなんだろうこの子。

「でも澪ちゃん、初めてじゃないんだって。前にもイギリスにいたって」

サナオが自慢げに言った。こいつのほうがよっぽど子どもっぽい。

でも、帰国子女だからこんなに落ちついているのか、と私はなんとなく納得した。

帰国子女がみんなこうだとは思わないけど、いろんな環境を経験しているというのはやっぱり大きいだろう。

それにしても。

「よくまあこんな田舎町に来たのね」

親がなんの仕事をしてるのか知らないが、ドイツやイギリスと、私たちの町ではずいぶん差がある気がした。この町は国際的なところはちっともない。外国人だってあんまり見かけないのに。

「こんな、どんどんさびれてる町に」

「そうですか？」

澪は笑った。大人っぽいのはもちろんサングラスのせいもある。瞳が見えないから、ちょっとこっちがドギマギしてしまう。

「わたしはこの町、好きでしたけど」

リップサービスまで知ってる。私はついニヤリとしてしまった。

この町は万事が中途半端だ。場所は関東と中部地方の境目。特徴的な方言もあんまりないし、たいした名産もない。そこそこの規模はあって人口もそれなりにいる。そのくせあんまり便利じゃない。コンビニが足りないし、外食はなぜか中華に偏ってるし、大きな電気屋さんもなくなっちゃったし、けっこう人気があると思ってた大学もつぶれちゃった。若者がいなくなってからすっかり華(はな)やぎがなくなった。あとはもう、ゆっくり寂れていくだけ。そんな気がした。

この町が、この国でいちばん脚光(きゃっこう)を浴びたのは何百年も前だ。地元の豪族が滅(ほろ)びてからはずっと日陰の存在。二度と浮上の機会はないだろう。

「やっぱ、他の町に新幹線の駅取られた時点でアウト。もうチャンスないね。仕事もどんどん減るし、未来ないと思う」

私がなにを言っても、澪は微笑(ほほえ)んでいるだけだった。

面白い女の子だとは思ったけど、私は目を逸(そ)らしてサナオに食らいついた。

「ねえ、和枝がぜんっぜん出て来ないのよ！」

「えっ？　きょうも来てないの？」

サナオは目をまるくした。

「家庭訪問に行った上川先生も、吉泉先生も休んでる」

サナオはちがうクラスだから説明しなくては分からない。いや、説明しても分からないみたいだった。へえ、という鈍い顔。ぴんと来ないようだ。

もどかしくなって、私はキレ気味に状況を説明した。

「和枝のところに行った人が二人とも病気になったの。おかしいと思わない？」

「ああ、うん。おかしいね」

サナオは腰が引けて、すぐにでも立ち去りたそうな顔だった。このときの顔はいま思い出してもむかっ腹が立つ。

澪は横で黙って聞いていた。

「だからあたし、行ってくるの。きょう」

「どこへ」

サナオの大ボケ発言も私は我慢した。

「先生のところ。それから」

急に緊張してきた。

「……和枝んとこ」

「へー……」

サナオの他人事(ひとごと)のような返事に、さすがにキレそうになる。じゃいっしょに行くよ、と言ってくれることを期待していたのだ。

私の目の怖さに気づいたようだ。サナオはあわてて、言い訳のように言った。

「ぼく、きょう、澪ちゃんを送ってかないと」

そう言って女の子の肩に手を置いた。

うまく逃げられた、と思った。サナオは間違ったことを言っていない。小さな女の子に付き添ってあげるのは大事なこと。サナオが来られないのは、だれが悪いんでもない。

なのに私の目は怖いままだったんだろう。だからなんともいえない気まずい空気になった。

「じゃね。気をつけて」

サナオはそそくさと立ち去ろうとする。ところが澪は動かなかった。

「彩香さん」

澪がふいに言った。

「ひとりで高いところに行かないほうがいいですよ」

インタリュード＃1

「あそこで初めて会ったんだよね」

サナオがキーボードから手を離して、何度も頷いた。

「詳しいやりとりは忘れてたけど。そっか、澪ちゃん、彩香に忠告してたんだ。あの時点でもう」

「いま思えばそうね」

私は静かに言う。

ひとりで高いところに行かないほうがいいですよ。

私はあのとき、まさに忠告というか、警戒を促すようなその口調に惹きつけられた。女の子の目を探した。

でも、サングラスの奥の目はよく見えなかった。

サナオもぽかんと澪を見つめていた。名コンビだって自慢してたくせに結局ビックリしてる。初対面の私が、なにか言えるはずもなかった。ときに、子どもは意味不明なことを言うものだ。そう考えて無視するしかなかったのだ。

私にも気持ちの余裕がなかったし。和枝のことで頭がいっぱいだった。

「でもさあ、あのあとけっこう大変だったんだ」

サナオが意外なことを言い出した。

「タチの悪い六年生に捕まってさ、悪魔っ子だッ！　って騒がれたんだよ」

「悪魔っ子って？」

「だから、となり町ではけっこう名物っていうか、有名だったんだよ。澪ちゃん。なんでも当てる怖い子だって、ビビって近づかない人も多かった。澪ちゃんをすごく大事にする人もいたけど、逆に悪口を言う人もいっぱいいたってこと。澪ちゃんが町を離れることにしたのも、そういう評判と関係あったのかもね」

「そうなんだ！」

そこまで有名な子だったのか……想像していた以上だった。

「当時はそういう評判のこと、彩香には言わないようにしてたけどさ。誤解されるとやだから」

この歳になって、改まってサナオと話さなければ気づかなかったことだ。ちょっと悔しいような思いに囚われる。いまさら仕方のないことだけど。

澪にも澪なりの苦労があったんだ。小さな子どもなのにいろんな困難と戦ってた。

「となりの町にいとこかなんかがいて、悪い噂だけ聞いてた六年生がさ、澪ちゃん見た途端大騒ぎして。もう学校にいられなくてさ、メンドかった。すぐ駅連れてったけど」

「そっかー。大変だったんだね、サナオも」

「異質なものはすぐ嫌うんだよね。いやだね、田舎もんは」

サナオはいまさら腹が立ってきたようだ。カフェのテーブルに拳をのせる。

「話せば分かるのにさ。澪ちゃんが悪魔なんかじゃないってこと。怖がって近づいてこないくせに、陰で勝手なことを言うんだぜ」

「しょうがないよ。あたしたちも人のこと言えない。視野の狭い田舎もんだったもん」

「ま、そうだけどさ」

サナオの勢いがしぼむ。私は笑った。

「話し続けていい？　ついにあの山に登るんだから」

「そっか」

サナオはますますしょげたような顔。

「ひとりで、高いところへ……ごめんねー、ホント」

「なによいまさら」

第二章　間荘へ

ついに放課後になると、いったん家に帰ってランドセルを下ろした。財布やメモ帳や、小物だけウエストポーチに入れて上川先生の家に向かう。教員住宅に住んでいることは知っていた。町の西の外れのほう、私の家からは十五分ぐらいのところにあった。

上川先生ももうまる三日休んでいる。風邪で何日も休むような先生は少ない。よほどひどい風邪なのか。それとも、もっと重い病気か。

同じ造りの、小さな平屋の住宅が並んでいる区画を、表札を探して歩く。

「上川」という表札を見つけた。窓を見るとカーテンが閉め切ってある。

窓の上のほう、屋根のひさしの下に、灰色の綿みたいなものがくっついているのが見えた。クモの巣だ。小さいけど、しっかり張られた網。でも家主のクモは見えない。

私は目を逸らした。

怖くなってきた。なんだか気が進まないけど……会わなくちゃ。私はベルを押した。しばらく反応がなかった。あまりに気配がないので、気持ちが挫けそうになる。

ところが唐突に、ドアが開いた。

「どなた？」

険しい顔で、中から出てきたのは女性だった。奥さんのようだ。他の町で勤めていると聞いてたけど、病気と聞いて看病に駆けつけたのだろう。

その顔の険しさだけで、先生の症状の深刻さが分かった。

「あの……わたし、上川先生のクラスの、寺前といいます」

奥さんは少しだけ表情をやわらげた。

「お見舞いに来てくれたの」

「あ、お見舞いというか……はい」

内心しまったと思った。聞きたいこと、確かめたいことで頭がいっぱいで、お見舞いの品をなんにも持ってきていない。ちょっと口ごもってしまう。

「ありがと。でもいま、眠ってるから……」

奥さんは顔を伏せた。ほんとうに暗い顔だった。また気持ちが挫けそうになる。

でもこのまま帰るわけにはいかない。私は自分を奮い立たせた。

「すいませんけど、お話しできませんか？　あの、ちょっとだけでも」

思い切って言った。奥さんの顔がみるみる険しくなる。

「言ったでしょ。いま眠ってるの」

「あ……そしたら」

私は食い下がった。

「目が覚めるまで、待ってもいいですか」

「たまにしか目が覚めないのよ」

奥さんの声の調子に驚いた。

「ほんとうに……どうしちゃったのか。お医者さまに聞いても、様子を見ましょうって言うだけで……」

その顔の向こうに絶望が透けて見える。

「元気な人なのに……いままでこんなことなかったのに」

ああだめだ、と思った。この人は物凄くショックを受けている。これ以上余計な負担をかけるのは、かわいそうだ。

私はぺこりと頭を下げて、逃げるようにその場を去った。

道を進みながら、すごくいやな感じがした。私のなかに居座っている黒雲がまたもくもくと膨らんでいる。とめどなく。

吉泉先生はどんな状態なんだ？　同じか？

吉泉先生は隣町でご両親といっしょに暮らしているそうだから、わざわざ電車に乗って訪ねて行くわけにもいかない。

そうなると、残された行き先は一つ。

——怖い。

私が行ったら……同じ目に遭うのか。倒れて寝込むことになるのか？

いったい、山の上にはなにがあるんだ？

でも放っておけない。小学五年生の私はそう決めたのだった。

大人になったいま思い返すと、一人で山の上を目指すことにした自分の無謀さには呆れるし、感心もする。警察に相談することも、少しは考えたはずだ。でも子どもには敷居が高かった。警官としゃべること自体怖かったし、大事になるのが嫌だった。もしなんでもなかったら和枝にまで迷惑をかけることになってしまう。

とにかく和枝の顔を見て安心したい。そんな欲求がすべてに勝ってしまった。

このもやもやがなんでもなかったんだ、私が心配しすぎただけなんだ、と分かってホッとしたかった。どうしても。

それに、私は怒っていた。サナオに対しても、先生たちに対しても、クラスメートたちに対しても。

もっと和枝を心配しろよ。

私が言いたかったのは結局、それだ。私が足を止めなかったのは、あたしだけは和枝を見捨てないんだって意地みたいなものだった。

私はついに、町の北に足を向けた。山へ向かう道を足早に進んでいった。

民家がまばらになってゆく。緑が増える。山に近づくごとに、人里から野生に近づいていくのが分かる。道端の草むらの上に、小さな虫が集まって飛んでいるのが見えた。百匹ぐらいの群れだ。

自然に思い出す記憶がある。あの日の虫の群れはこんなものじゃなかった……十倍以上いた。しかも、ほとんどが死骸だった。

それは、夏休み前のことだ。七月初めのある日。

私が登校していくと、朝から騒ぎが起きていた。

五年三組の生徒が、男子も女子も教室に入らずに廊下でしゃべり合っていたのだ。

なんなの？　私はクラス委員だから、あんまり騒ぐと私の責任になって怒られる。

事情を訊こうと思って近づいても、

「うっひゃきもちわりー！」

「死んでんのか？　マジか？」

「あんなの見たことねェ」

とか、みんな興奮状態でわけが分からない。女子たちもいやだーと悲鳴を上げている。うずくまって泣いてる子もいた……室浜美奈子。なにをこんなにショックを受けてるんだ？

私は仕方なく、教室のドアに手をかけて中をのぞいた。

そこに見えたのは、男子が言ってたとおり、「見たこともねェ」光景だった。

教室の半分近くを、細かい黒いものが覆っていたのだ。

よく見るとそれは、虫だった。小さな羽虫の群れ。だれかが窓を開けっ放しにしたまま帰ったらしい。夜のあいだに教室に入り込んだ。そしてなぜか、ここで死んだ。

そう、羽虫たちのほとんどは動いていない。いっせいにここで寿命を迎えたのだ。

でも、教室にいるのは羽虫だけじゃなかった。私の目は一点に釘づけになった。

机の上に載っている、真っ黒な丸いもの。

ソフトボールぐらいの大きさ。一瞬布のかたまりのように見えたけど、目を凝らすと――翼のようなものがある。爪のようなものも。

そして、頭。ネズミのような形。

ピクリとも動かない。

「コ、コウモリだよ！　な？」

廊下の男子の声。

私はあわてて廊下に向き直って扉（とびら）を閉めた。

へたり込んだ美奈子の肩がひっきりなしに上下してる。ショックのせいでうまく呼吸できてないようだ。そりゃそうだと思った……コウモリは、美奈子の机の上で死んでいたのだ。

ほんとうに運の悪い子だ、と思った。よりによって、この子の机を選んで死ぬなんて。

しかもだれも彼女を慰（なぐさ）めない。遠巻きに見てるだけ。

この子は五年生になっても、相変わらずちょっとグズだった。男子や、気の強い女子にちょっかいを出されたり、バカにされることもあった。いじめってほど深刻なものじゃない。私はそう思って、ふだん見て見ぬフリをしていた。私がいじめてるんじゃないもん。私はもう二度といじめたりしないもん。そう思いながら。

一度扉を閉めてしまうと、もう開ける気がしなかった。見ると、私の腕一面に鳥肌が立っている。コウモリなんか間近で見たのは初めてだ。しかも死骸なんか。あのコウモリ、もしかしたら眠ってるだけ？　いや……身体の角度。いかにも死んでた。

たぶん羽虫を追って飛んできた。教室に入り込んで、そしてなぜか死んだ。

「あーきしょくわり」

「だれかのイタズラかよ？」

興奮したクラスメートたちは口々に勝手なことを言っていた。イタズラなんかじゃない、と私は思った。こんなに手の込んだことを小学校の教室でやろうと思うなんて……タチが悪すぎるだろう。

自然現象。事故、みたいなものだ。私たち五年三組は運が悪いだけ。

とりわけ美奈子が。

男子は騒いでるだけで意気地がなかった。だれも中に入ろうとしない。

私も中に入れない。あの死骸に近づきたくない。

だって、近寄って動き出したらどうする？

先生を呼ぶしかない。そう思っていたら現れた。廊下の向こうからやってきたのは、吉泉先生だ。上川先生は、研修だとかで昨日からいないことを思い出した。いま頼れるのはこの小さな若い先生だけ。しかもすでに顔色が悪い。

教室をのぞきこんで、その顔はほとんど真っ白になった。吉泉先生は美奈子のすぐとなりにうずくまってしまったのだ。まるで頼りにならなかった。

だれか男の先生を呼んでくるしかない。それか校務員さん。職員室に向かおうとしたとき、ちょうど和枝が登校してきた。私に、目で「どうしたの？」と訊いてきて、私は要領悪く説明した。そしてつけ加える。

「気持ち悪いから、近づかないで。だれか呼んでくる」

和枝は、うずくまって泣き続けている美奈子をじっと見ていた。

そして、歩き出した。

私はあっけにとられて動くこともできなかった。クラスのみんなも固まっていた。和枝がふだん通りに教室に入っていく意味が分からなかったのだ。

「和枝？」

声をかけても止まらない。扉が開き、閉まった。

姿が見えなくなった。

たまらない。私は震える手を扉にかけて、中をのぞいた。

和枝は立ち止まっていた。教室を見回して状況を確認すると、動いた。教室の後ろまで行くと用具箱を開けて、箒とチリトリをよけると奥からポリ袋のパックを取り出した。

そして美奈子の机に近づいてゆく。

近くまで来るとさすがに足をゆるめた。慎重になる。

黒い死骸は動かない。

私は、呼吸も忘れて見守っていた。

和枝はパックから何枚かポリ袋を取り出して、一枚を右手に填める。即席の手袋にした。そして――机の上に手をのばす。

「うわ」

私の後ろからのぞいていた男子の声がした。

和枝は、死骸をつかんだ。しっかりと。

そしてもう一枚のポリ袋に入れる。丁寧に。

ゴミみたいには扱わなかった。飼っていたペットでも触ってるみたいだった。

中に入れると、そっと袋の口を縛る。手袋にしていたポリ袋を外して、死骸の袋とまとめてもう一枚の袋に入れて二重にすると、和枝はそれを持って出口に向かってきた。うわうわ、と男子が散る。

廊下に出て来た和枝を、みんな口を開けて見ていた。

和枝は歩き出した。校舎の裏手のほうに。

いつもの掃除とおんなじよ、と言ってるみたいな後ろ姿だった。

「な……なんだアイツ」

「ずぶとっ」

「きもちわるくねーのかな」

和枝とふだんから話しているクラスメートはいない。変人扱いだった。私は、ムカッと来た。だから教室に入った。美奈子の机の上にはまだ羽虫がいっぱいいる。私はベランダから雑巾を持ってきて拭き始めた。辺りの机からもぜんぶ、羽虫を払い落とす。それから、箒を持ってきて床に死骸を集めた。

みんな黙って見ていた。

そこに和枝が戻ってきた。私を見ると、チリトリを持ってきてくれた。私が掃いてチリトリに入れる。和枝は、死骸をゴミ箱に入れてくれた。

その頃には、女子が二人ばかり、雑巾を濡らして持ってきて、みんなの机の上を拭いてくれた。吉泉先生も、震える足で入ってきて同じことをしようとしたけど、間に合わなかった。

動物たちの死の痕跡は跡形もなく消えた。いつもの教室に戻った。

私は気分がよくなった。和枝の顔を見る。

和枝の様子はふだんとなにも変わらない。静かに自分の席に行って座った。

泣きやんだ美奈子が教室に戻ってくる。きれいになっているのを確かめて、黙って自分の席に座った。

和枝にお礼を言う、ということを思いつかないみたいだった。私は気に食わなかったけど、しょうがないかと思った。まだショックがひいてなくて状況が呑み込めてないみたいだし、なにより和枝が気にしてない。

時間にすれば、ほんの短い間のこと。

掃除が済んでしまえば、なんでもなかったかのような出来事だった。

それでも私は忘れない。私にとって、和枝はますますかけがえのない存在になった。だから会いたいんだ。あたしたちがこんなに長いこと会わないなんてありえないでしょ！

私は歩き続けた。やがて山が、視界の正面に来た。

だんだん大きくなってくるごとに、やっぱりこの山は好きになれない——改めてそう思った。当然といえば当然だ、山の麓に何軒か家があるけどどの住人とも親しくないし、中腹にあるアパートの住人にももちろん知り合いがいない。あそこに和枝が越してくるまでは、注意を向けたことさえなかった。

山への登り口には朽ちかけた廃屋がある。小さな平屋。ずいぶん前から人がいないのに、だれも取り壊さない。これからしてもう、山に入りたくなくなるんだよなあと思った。どうにも薄気味悪い。最初の関門だ。

そう思いながら足早に廃屋の横を抜ける。ほっと息をつくと、私はついに山道を登り始めた。

初めはゆるやかだけど、一分と歩かないうちに角度が急になる。ヒザを振り上げるような感じで登り続けて、しばらく行くと道は途中で二股に分かれている。私はじっと、両方の道を見た。

右に行けば和枝のアパート、左に行くと首塚だ。

左の道の先に、遠目に見えた。横長の石碑やら、注連縄を巻かれた石塔が何本かある。横にボロボロの看板も突っ立っている。

なにもかも、小さい頃に見たままだ。

だから見に行く必要なんかない。私は首塚に背を向けて、アパートへの道を上る。

でも本当に、なんでこんなところにアパートを建てようと思ったんだろう。どこの酔狂(すいきょう)な大家さんだ。思いつきで建ててしまって、あとで後悔したんじゃないか。だいぶ家賃を下げたって、入居する人はあまりいないはず。和枝の家族以外に、住人はたいしていないだろう。よく知らないけど。

息が上がってきた。しかも、登るほどに木が多くなって、道が暗くなる感じがする。ときどき、木の上のほうでガサゴソとなにかが動く。ガア、と鳴く。

気配が濃くなってる。だからイヤなんだ……こいつらに見られてる感じが、どうにも気持ち悪い。私は決して顔を上げない。目を合わせたくなかった。カラスは頭がいい。こっちが怖がってることを見抜かれるに決まってる。

ほんとうに、坂のきつさは人をバカにしてるかと思うくらいだった。こんなところを上り下りして学校に通っている和枝が気の毒(どく)すぎる。

でももうすぐのはず……ああ、あれだ。見えてきた。

私は少し元気になって、最後の坂道を踏んばって登った。

やっと平らなところに出た。

目の前にアパートがある。

壁は暗い茶色。六部屋もあるとは思えないほど、こぢんまりとした大きさ。

六つの窓がこちらに向いている。ぜんぶ閉じている。

昔、友達と山を探検したとき、私はここまで来ている。でもそのときから、ほんとに人が住んでるんだろうかと思うほどひっそりしていた。いまもその印象は変わらない。あの頃も、いかにも古くて暗い感じがした。

周りの林は、枝を長く伸ばしてアパートを呑みこみそうに見える。ガア、ガアという木の上の鳴き声は、町で聞くより威圧的だった。この山はヤツらの領分。入ってきたよそ者を警戒している。もしかすると和枝も、ここに帰ってくるたびに威嚇されているのだろうか。こんなところに住まなくちゃいけないなんてあんまりだと思った。まるでなにかの罰だ。こんなところに住んでも町の一員って気がしない。あの子はこの町が嫌いになったんだ、と思った。学校に来なくなったのはただの登校拒否じゃないか。私はふらふらとアパートに近づいてゆく。

建物の真ん前には開けた空間がある。庭、と言っていいのだろうか。

そこに人の姿が見えた。見覚えのないおばさんだ。

和枝のお母さん？　いや、ちがうようだ。

私は一度だけ和枝のお母さんを見たことがあった。学校になにかの手続きで来ていたのだ。棒みたいに痩せた、幸薄そうな女性だった。

いまいるのは小太りのおばさん。和枝のお母さんより歳も上に見える。

おばさんは洗濯物を干していた。庭には物干し竿が掛かっていて、奥には古そうな洗濯機も見えた。共用だろうか。

カゴに入った洗い立ての衣類を、おばさんは手際よく干していく。

このアパートの、牢屋みたいな印象がやわらいだのは、そのおばさんのおかげだった。こんなところでもたくましく生きている人がいる。ここに住む人なりの生活がある。住めば都と言うけれど、慣れてしまえばここの暗さとか、不便さも気にならないのかも知れない。

おばさんは、私に気づいて目を向けてきた。

「あら。なにかご用？」

おばさんは白い洗濯物を持ったまま手を止め、目をまんまるにする。見た目通りの元気な声だ。

「はい。あの、片岸さんに……」

「片岸？」

おばさんが驚いた顔をしたので私も驚いた。すごく意外そうな反応だったのだ。おかしいな。あたし勘違いしてた？　まさか和枝って、ほんとはここに住んでいない？

ところがおばさんはふいに表情をゆるめた。

「ああ、和枝ちゃんね」

愛想のいい笑顔に変わる。なんだびっくりした、と胸をなで下ろす。

「学校のお友達？」

私が頷くと、おばさんは言った。

「和枝ちゃんならいまいないわよ」

「あ、そうですか……」

いまいない、ということはふだんはいるんだ。ちょっとホッとする。つまり、和枝は身体を悪くしたりしていない。この町からいなくなったわけでもない。ちゃんとここに住んでるってこと。

「あの、どこに行ったんですか？」

「さあ。スーパーに買い物にでも出たんじゃない？　晩ごはん、よく自分で作ってるみたいだから」

お母さんの帰りが遅いから。そういうことだろう。

「そうですか……」

私は少し考えた。どうしよう。

「きっとすぐ帰ってくるから、ここで待ったら？」

おばさんはそう言ってくれた。おばさんの視線を追うと、椅子が目に入った。この庭には何脚か椅子が置いてある。住人が座ってくつろぐためだろう。

「はあ」

私は迷った。知らない人のそばで和枝を待つのが気詰まりだし、和枝は何時に帰ってくるか分からない。出直そうか……でも、せっかくこんなところまで登ってきたんだし……するとアパートの一階の窓が開いた。一番手前の部屋だった。

見えたのは白髪のおじいさんだ。

「あれあれ。お客さんかい」

「カリヤさん」

おばさんが言った。あとで分かったのだが、字は〝刈谷〟と書く。１０１号室の住人だった。

「和枝ちゃんのお友達みたいですよ」

「ほうほう、そうかそうか」

刈谷老人はしきりに頷いた。そして窓を閉めると、やがてアパートの裏側にある玄関から出てきた。少しがに股だ。

「いなくてあいにくだったなあ」

この人も和枝がいまいないことを知っている。まるで家族。

このアパートの人たちは、みんな親しくしているようだ。

「ほれ、そこに座って待つといい。すぐ帰ってくるよ」

刈谷老人も椅子を勧めてくる。老人も、ひとつに座った。いろんな形の椅子があったが、彼が選んだのは背もたれのある、いちばん楽そうな椅子だった。彼の専用かも知れない。

断れなくなって、私もとりあえず座った。

和枝のことをよく知ってる人たちだ。最近和枝が学校に行っていないことも知っているはず。だったら理由を知っているかも知れない。

ところが、シャツや靴下やタオルを干し終えたおばさんはアパートの裏のほうへ行った。自分の部屋へ帰るのだろう。一階の真ん中の部屋の向こうに、かすかに姿が見えた。

「あの人は石丸さんだ。わしのお隣さんだよ」

老人が教えてくれた。

私は改めてアパートを見上げた。それぞれの階に三つずつの部屋。建物自体が小さいから部屋も狭そうだ。中はもしかすると、一間きりだろうか。一人暮らし向きだ、和枝のように母親と暮らしているのは珍しい。刈谷老人も石丸さんもきっと一人暮らしだろう。

「こんな山の上まで、わざわざ友達に会いに来たのか。疲れただろう」

刈谷さんは上機嫌な顔で訊いてきた。

「はい。ちょっと」

私は正直に答えた。こんなところで暮らすのは大変ですね、と言いそうになって呑みこむ。改めてこの人を観察した。

どてらのようなものを着て、下はモモヒキ。ぞうり履きで、いかにも生活感にあふれている。アパートより長屋が似合いそうな人だった。石丸さんと同じくこの人も、私は見覚えがない。町にはあまり下りてこないのだろうか。

足腰があまりよくないように見えるが、よくこんな山の上で生活できるなあと思った。

「よくこんなところに住んでるなと思うだろ」

心を読まれた。

「わしのようなジジイにはいささかつらいがね。住んでる人たちがいろいろ助けてくれるから、かえって便利なところもあるんだよ。ちょっとした介護施設みたいなものだ」

　がっはっは、と口を開けて笑った。

「和枝ちゃんにもいつも助けてもらってるよ。買い物してきてくれたり、おかずをおすそ分けしてくれたりな。ここで話し相手にもなってくれる。本当にいい子さ。おまえさんは、和枝ちゃんと同じ組かい？」

「はい。クラスメートです」

「そうかそうか」

　いけない、と思って私は自己紹介した。

「寺前彩香です」

「あやかちゃんか」

　そのとき私は、カラスがうるさく鳴かなくなっていることに気づいた。人の姿が増えたせいだろうか。上のほうで時折バサバサッ、と飛ぶ音は聞こえるが、鳴き声は上げなくなっている。

　さあ訊こう。私は切り出した。

「あの、和枝ちゃん、先週から学校に来てませんけど……」

　当然知っていると思ったのだが、老人の反応は鈍い。口を開けて聞いている。

「それで、先生が心配して、ここに来たと思うんですけど」

「ほう？」

刈谷老人は首を傾げた。

「わしは知らないな。いつ来たの？」

「えと、火曜日と木曜日です。たぶん夕方」

「知らんなあ。気づかなかった」

口を開けたまま眉をひそめる。ほんとうに知らないようだった。

この人、先生たちが来たときに、たまたま庭に出なかったんだろう。だから知らない。じゃあ、担任も副担任もそろって体調を崩して寝込んでしまったんです、なんてこの人に言っても、ますますぽかんとするだけだ。

石丸さんがまた部屋から出て来た。洗濯カゴを抱えている。老人が訊いた。

「和枝ちゃんの先生が訪ねてきたんだと。あんた知ってるか？」

「いいえ」

石丸さんは首を振った。いかにも意外そうな顔をして。

「気がつきませんでした」

この人も。だったらしょうがない。先生の話はスッパリやめよう。

それより和枝のことだ。

「どうしてずっと休んでるのか、分からなくて。心配になって来たんです。知ってますか？」

「それは……」

刈谷老人の顔色が翳（かげ）った。

石丸さんも意味ありげな表情になって、私から視線を逸らす。地面に置いたカゴから洗濯物を出してまた干し始めた。今度は大きなシーツだ。まだ干すものがあったのか。

「あのお母さんがなあ」

老人が呟（つぶや）いた。

「お母さんがどうかしたんですか？」

もしかして病気で寝込んでるとか？　和枝は看病で離れられないのか。

「いないんだよ」

石丸さんが言った。シーツを干す手は止めない。

「先週からずっと」

「いない？……どこに行ったんですか？」

「田舎に帰ってるらしい」

「ずいぶん急だったねえ」

「だれか倒れたっていうんだから仕方ないだろう」

二人ともぜんぶの事情は知らないみたいだが、終始(しゅうし)眉をひそめて心配げな顔だった。

「お母さんは、和枝ちゃんも連れて行こうとしたんだが、和枝ちゃんが行きたくないと言って、残ったんだ」

……そうだったのか。

でもそれで、どうして学校に来なくなるんだ？

ただサボりたいだけ？　いや、情緒(じょうちょ)不安定になってるのか。

少し傷ついた気分になった。お母さんがいなくて淋しいなら、学校のみんなの顔を見に来ればいいのに。私の顔とか。つらいときにぜんぜん頼りにされないというのは、なんか淋しい。

だけど、人に会う元気さえないんだとしたら……やっぱり本当のところは、本人に会わないと分からない。

どうしても会って確かめたい。

私は町へと下る道を見た。だれも登ってこない。和枝はまだ帰ってくる気配がない。

ガア。カラスが一声鳴いた。老人が、身体を右向きから左向きに変えた。ギシギシと椅子が鳴る。石丸さんはシーツをバタバタ言わせて水気を払ってから干している。いったい何枚あるんだろう。この人ほんとに一人暮らしなのか？　それともちょうど大掃除でもしたのか。頼まれて、刈谷さんの分も洗ったりしてるのか。

話すことがなくなった。……仕方ない。私は口を開いた。

「刈谷さんは、この町の生まれなんですか？」

私はそのとき十一歳になったばかりだったが、大人と世間話をするぐらいの気遣いは芽生(めば)えていた。

「いいや」

老人は嬉しそうに応じる。

「まったく別のところだ。流れ流れて、いまはなんでだか、ここにいるってわけだ」

そう言われるとなんだか、長い航海をしてきた船乗りのように見えた。

「この間(はざま)荘にはそういう人が溜まってるよ。ぜんぶよそ者じゃないかな。どうしてだか、ここに辿りつくんだ」

「はざまそう？」

「このアパートの名前さ」

知らなかった。名前があったんだ。そりゃあるか。

なにげなく入り口のほうを見ると、看板がある。古くて文字が薄れていて、読めない。だから気づかなかったのだ。だがたしかに、意識して見ると〝間荘〟と書いてあるのが分かる。

「町の外れの、町の人間じゃない連中が住む場所だ。離れ小島みたいなもんだな。ちょっと淋しいが、わしはこういうところが落ちつくんだよ」

刈谷さんは屈託（くったく）のない感じで笑っている。

「なれなれしく、町の人たちのところに入っていくのも気がひける。目立たないようにひっそりと生きていられれば満足さ。女房が死んでからは、わしも半分死んだようなもんだし。望みなんかないよ。いつ死んだっていいのさ」

刈谷さんの言い方はサバサバしていた。

「実際、いっぺん死にかけてるしな。あんなことがなければ、わしはこんなところに住んではいなかっただろう」

そこで顔を輝かせて、私の顔をのぞき込んでくる。

「聞きたいか？　わしが九死に一生を得た話を」

正直、私はあんまり聞きたくなかった。だけど老人は満面の笑みで私を見つめている。「いいえ」とは言えなかった。曖昧に頷いてしまう。すると刈谷さんは話し始めた。

「脳梗塞って知ってるか？　それで倒れたんだ。女房が介護してくれて、リハビリにもつきっきりでいてくれた。おかげでどんどん元気になったんだ、倒れたのが嘘みたいにな。麻痺もほとんど残らなかった。もうすっかり元気になった、と思ったところで、女房がポックリいっちまった。わしはもう、やりきれなくてな。あいつが死んだのはわしのせいだ。女房と暮らした町には、もういたくなかった。どこを見てもあいつとの思い出なんだからな。縁もゆかりもない、見たこともない土地に行きたくなった。それでここに来たんだよ」

そうか……そういう人もいるものなんだ。

小学生だった私にはピンと来たとは言えなかったが、とりあえず頷いた。ただ、一人暮らしは淋しいだろうなあと思った。お子さんはいるのだろうか。いるとしても離れて暮らしているのだろう。それとも初めからいないのか。

「刈谷さんの言うとおりさ。どうしてだか、そういう人が多いんだよ。ここ」

石丸さんが洗濯物を干す手を止めて、ちょっと遠い目をしている。

「あたしも、生きてるのが不思議なくらいでね」

「おまえさんも死ぬような目に遭ったんだもんなあ」

刈谷さんが合いの手を入れる。石丸さんは頷く。その度にあごがぷっくり膨れる。

「自転車ごと車にひかれて、自転車はグシャグシャで使いものにならなくなったんだから。なのにあたしは助かった。たいした傷も負わなくてね」

「石丸さんも、他の町から？」

「うん。事故のあとでここに来たんだ。心機一転と思って。元もと一人だから、身軽でね」

でも、なんでこの町なんだろう。不思議だった。仕事もあんまりないのに。この町は住んでいるだけで、電車かバスで別の町に通って働いてるのかな。隣町には工場が集まっていて、労働者の町として知られている。石丸さんはそこで働いているのかも。刈谷さんはもうリタイアしてるんだろうけど。

私は庭を見渡した。風のない日に、庭いっぱいに白い洗濯物がはためきもせずぶら下がっている。なんだかシュールな光景だった。

山道のほうを見る。和枝はまだだろうか。だれも上がってこない。けっこう時間が経ったのに。もうすぐ日が暮れる。空はまだ明るいが、暗くなり出すと速いはず。

私の思いを察して、石丸さんが言った。

「和枝ちゃん、遅いねえ」

「どこかで遊んでるのかな」

刈谷さんも言った。気を遣ってくれている。二人とも自分の部屋に戻ろうとしない。

でもずっとここに座って話題を探していても、すぐなくなる。九死に一生を得た話なんか、私にはないし。

「あの、和枝の部屋って二階ですか？」

私は訊いた。

「そうだよ。二階の一番手前」

老人が頷く。私は見上げる。二階のどの部屋もカーテンが閉まっている。

私は立ち上がった。

「今日は、手紙だけ置いて、帰ります」

「そうかい」

刈谷さんは眉をひそめた。石丸さんも残念そうに首を傾げた。

「なんだか悪かったねえ。あたしたちなんかと話しても、かえって退屈だったでしょ」

「いいえ。ありがとうございました」

私は心から頭を下げる。この人たちが相手をしてくれなかったら、薄気味悪くてすぐ帰っていたかも。

「いつでも遊びにおいで」

老人の言葉に曖昧に頷いて、私は庭を回り込んでゆく。

アパートの側面についている階段の前に来た。

狭くて急だ。あんまり上りたくないが、和枝が毎日上っていると思うと嫌がっていられない。段に足をかけた。

身体が持ち上がるたびにギシ、ギシと鳴った。

小学生の私でもこんななのに、大人が上ったら大変じゃないか。上りきって見えた二階の廊下も狭かった。アパートの裏側、つまり裏手はすぐ山の斜面だ。木がゴチャゴチャに生えていて、鬱蒼と暗くて、見るだけで気が滅入る。和枝がほんとうに気の毒だった。部屋を出たら毎日これか。

階段を上がってすぐのところにある部屋、２０１号室の扉の前に立つ。表札には、元気のない字で〃片岸〃と書いてある。

元はたぶん緑色だったのが色あせて、ドアはなんとも言いようのない色をしていた。郵便受けの口がある。少し隙間が空いている。

私は、ウエストポーチからメモ帳を出して、一枚破いてドアに当ててペンで書いた。

心配しています。連絡ください。　寺前彩香

そして私の家の電話番号を書く。二つ折りにしてポストに差し込んだ。

音もなく紙はすべり落ちていった。

そのとき——気配を感じた。

空気の動きを、肌が感じたのだ。

なにかが身動きしたような……そして、息づかい。

ドアの向こうから。

だれかいる。和枝？

耳を澄ました。なにも聞こえない。だけど——

私はポストの隙間から、中を覗きたい衝動に駆られた。

でも。もし覗いて、だれかと目が合ったら……和枝だったらまだいい。だけどもし、知らないだれかだったら……そのとき、足の下から振動が伝わってきた。廊下が揺れている。

続いて、ギシギシいう音。階段だ。だれかが上ってくる。え？　だれだろう。和枝が帰ってきたの？

いや。足音でちがうと分かった。重たい。大人の体重だ。

じゃあ、刈谷さんか石丸さんか？　だけど二人とも住んでるのは一階。私を心配して、様子を見に来てくれたのだろうか。

黒い影が現れた。ドアの前に立っている私を見下ろす。

男の人だった。二十歳ぐらいか。顔の辺りが煙（けむ）っている。よく見ると、くわえ煙草（たばこ）だった。目つきが鋭（するど）い。優しさを感じなかった。繁華街でよく見かけるチンピラにこういうのがいる。着ているのは黒の革ジャン、下はダメージジーンズ。ベルトにたくさんの鋲（びょう）が打ってある。そのベルトの位置は、やけに低い気がした。いわゆる〝腰パン〟にしてるのか、ただの短足なのか分からない。チェーンが腰から尻のポケットのほうに回っている。街で会ったらぜったい目を合わせたくないタイプだ。

ガア、ガアという声がやたらとうるさかった。男が上がってきた途端、裏山のカラスが騒ぎ出した気がする。見た目が黒いから敵だと思っているのかも。

「なんだお前？」

男は私に言った。意外に声が幼い。もしかするとまだ十代かも知れない。

「片岸和枝ちゃんの友達です」

私は感情を込めずに言った。

「ずっと学校を休んでいるので、心配になって様子を見に来ました」

クラス委員になってから、こういうものの言い方を憶えた。たいがい大人はオッという顔になる。相手がただの子どもじゃないと思うのだろう。丁寧に話せば話すほど、敬語を入れれば入れるほど、そうなる。〝可愛い子ども〟になんか見られたくない。という意志をこっちからぶつけてやるのだ。実際可愛い子どもなんかじゃなかったし。

「テメー」

男はやっぱり、面白くなさそうだった。苦いものでも食ったような顔だ。

「和枝を取り返しに来たのか？」

パタリ、と音がした。すぐそばで。

カラスが飛んできて手すりにとまったのだ。

男はギョッとしたようにそれを見て、一瞬ぐるっと目玉を回すと、

「どけ」

と言って私を押しのけて狭い廊下を進んでいった。

いちばん奥まで行って、部屋のドアを開ける。鍵(かぎ)をかけていなかったようだ。

ドアが閉じた。

あれもこのアパートの住人か……やっぱり初めて見る男だ。ここの住人は、あまり町に下りてこないのだろうか。目立たないように振る舞っているのかも知れない。よそ者ばかりだというから、あまり町の人と関わりたくないのか。でもあの男、なにをして暮らしてるんだろう？　まともな仕事をしているとは思えない。まさか、まだ学生ってことはないだろう。

和枝も大変だ。あんなのと同じ階だなんて。

にしても――「取り返しに来た」ってなんだ？　すごく気になった。

「取り返す」ということは、和枝がいま、だれかのものだということ。そんな馬鹿なことがあるか？

私の顔から血の気が引いてゆく。

和枝はあの男に誘拐（ゆうかい）されて監禁（かんきん）されてるんじゃ？……まさか。いくらなんでもそんなことはない。だって、下の刈谷さんや石丸さんは、和枝がどこかに外出していていないって言ったんだ。申し合わせて私に嘘をつくはずはない。監禁されてるならあの二人が気づかないはずがない。

あの男の頭がおかしくて、おかしなことを口走っただけだ。私はそう自分に言い聞かせた。

もちろん、男の部屋のドアを叩(たた)いて問い質(ただ)すつもりはない。関わり合いになりたくない。

ただ、名前だけは確認しておこう。そう思って、音を立てないように忍び足で廊下を進む。手すりにとまったカラスは、いつの間にかいなくなっている。助かった。

和枝のとなりの２０２号室を過ぎて、奥の２０３号室まで来た。あの男は表札なんか出してないかもしれないと思ったが、律儀(りちぎ)に出していた。

〝山田繁〟。

シゲル、があいつの名前か。

戻りしな、２０２号室のドアもよく見る。表札がない。ここにはだれも住んでないのか。

でもよく見ると、ドアが開いてる。微(かす)かにだけど。

古すぎて建て付けが悪くなってるのか？　もう住めない部屋だから空き室なのか。

私は中を覗いてみようと、ドアの隙間に顔を近づけた。

隙間は狭い。向こう側は暗くて、よく見えない。

ますます顔を近づける。

隙間から微かに風が吹き出してくるのを、頬が感じた。湿っぽい風だ。なんだろうこの匂い……私は眉をひそめる。あんまりいい匂いじゃない。思わず息を止めたくなるような臭いだ。

私は、思い切ってドアに手をかけて、引いた。

薄暗がりがあるだけだった。

正面に窓はあるが、厚いカーテンに遮られてたいして明かりが入ってこない。それでも数秒で目が慣れて、部屋の様子が見えてくる。

なにもない殺風景な部屋。やっぱり、だれも住んでいない。空き部屋だ。いや――なにかある。壁際に。

灰色の幕のようなものだ。カーテン？　いや、窓に掛けられているカーテンとはちがっている。すごくたっぷりあって、しわがたくさん走っている。色も濃い。

私は視線を上げた。天井にもある。

まるでハンモックのように吊り下がっている。たわんだ布のようなもの。やっぱりしわがたくさんあって、汚れて、少し茶色になっている。なんだ？　なんのためにこんなものが？

ぽたっ。

ぽたっ。

水が垂れるような音……雨漏りでもしてるのか？

たしかに最近天気が悪い。雨が多いから、古い家の屋根だと水はけが悪くて、いつまでも雨漏りするってことはあるのかも。じゃああの布みたいなので雨漏りを防いでるってこと？　この部屋だけだろうか。となりの和枝の部屋は大丈夫なんだろうか。雨漏りがひどいんだったら、部屋にいたくなくなるだろうなと思った。それで帰ってこないんじゃ？

ぽたっ。

ぽたっ。

むっと鼻に来て私は顔をしかめた。

よどみの臭いだ、と思い当たる。川の流れが止まっているところ。それか、沼でする臭い……水が腐ったような臭い。

でも、その中に微かに、別の臭いが混じっている感じがする。なんとも言えない、鋭い臭い。鼻の奥を突き刺すような臭気が混じってる……いったいなんなの？

本当に嫌だこんなアパート。住みたくない。心の底からそう思ってしまう。

でも、十一歳の寺前彩香は無鉄砲だった。二十歳を過ぎた寺前彩香はしみじみそう思う。いまの私なら覗かない。覗いたとしても、そんな異様な光景に出くわしたらヒャッと跳び上がって逃げ出している。強かったのか馬鹿なのか分からない。

ゆらり、

ゆらり、

壁から、天井から吊り下がっている灰色のものが揺れ出しても、あの日の彩香はそこに留まって見ていたのだ。なぜだろう、本当に信じられない。頭のなかは「？」でいっぱいだった。

風に吹かれるみたいに灰色が揺れている。その灰色はやがて細い線になった。ほつれた糸がどんどん解けるように、細長い灰色がふわふわ宙を舞い出す。

そのとき、ほんの微かな音を、耳が拾った。

うぅっ、――

人の声。

身体の反応は正直だった。ビクリとしすぎて、背骨だけが身体から飛び出すかと思った。十一歳の私はやっと危険を感じた。ここで突っ立ってるなんて正気じゃないと気づいたのだった。

足をもつれさせながら、私はドアの隙間から飛び出した。外は薄暗いのに、暗い部屋に慣れた目には眩しかった。眩暈でグラグラしながらあわてて階段を下りる。よく転げ落ちなかったものだ。無事に最後の一段まで下りると、庭のほうへ駆けていく。

庭には刈谷さんも石丸さんもいなかった。

たくさんの白い洗濯物が、ふわーっと動いているだけだ。

みんな部屋に入ってしまったのか……なんとなく、見送ってくれるだろうと思っていた私は裏切られた気持ちで、背中にザワザワと毛虫が這い回っているような感触に耐えていた。帰ろう。いますぐ山を下りるんだ。

だが私は、くるりと身を翻して建物に戻った。今度は一階だ。表札だけ確認しておこうと思ったのだった。いま考えてもその真面目さが信じられない。

一階の廊下は気が滅入るほど暗かったが、目を凝らしてドアの表札を確かめていった。いちばん手前の表札は〝刈谷〟。続いて〝石丸〟。その奥、１０３号室には表札がなかった。だれも住んでいないのか、２０２号室みたいに？

でもドアに隙間はなかった。ぴったり閉じている。

怖くなった。いまにもドアが開くような気がして、私はくるりと踵を返した。もうたくさんだ、今度こそ帰る。だれかに背中を押されるような気分で、私は勢いよく坂を下りた。一秒でも早くアパートから離れたい。

暗い山道の両脇になにかが潜んでいるような気がして自然に足が速くなる。坂道からは、木々のあいだに町が見えた。消防署や中学校がでっかい影になってひときわ目立っている。もう街灯が灯って、道路に沿って並んでいた。早く人里に戻りたい。あそこを通って家に帰るんだ。早く、早く。

ヒザが笑って、ちょっとした拍子で転げ落ちそうだったが、私は足をゆるめなかった。山から去ることしか頭になかった。和枝には悪いけど、自分の無事しか考えられない。

やっと山の麓まで下りてくるとホッとした。廃屋の脇を過ぎるとすっかり道が平らになる。ああ、山を出られた……だけど鼻に臭いが残ってる。よどみの臭い。早く消えてくれないかな。

いつの間にか空はほとんど真っ暗だ。でも、まばらだけど街灯もあるし民家も見える。もっと町のほうへ、人がいるほうへ……意外な姿が目に入って私は立ち止まった。

道の先。狭い畑の端に立っている小さな姿。

無造作な坊主頭。

——桂次郎。

なんでこんなところにいるの？

第三章　浸食

家に着いたときに電話が鳴った。

居間の入り口にある電話機が電子音を奏(かな)でている。私は反射的に手を伸ばした。受話器を取った自分の指先が震えている。

耳に当てて「もしもし」と言った。その声もちょっと震えていた。私は凍(こご)えてる？

なにも聞こえなかった。相手は無言だ。

ただ、微かな音が聞こえる。

ガア、ガア――

カラス。

間荘？

この電話をかけてきたのは。

「和枝？」

部屋に戻ってきたのか。私のメモを見たのか。

「和枝なの？」

だが答えはない。

……はっ…………

ごく微かな息づかいが、聞こえた気がした。

直感した。これは、和枝だ。

「ねえ、どうしてなにも言わ」

プツッ。ツー。ツー。ツー。

電話は切れた。

なんなんだろう。寒気がする。

なにかがおかしい。すごくおかしい。

きょうはやけに冷える。日が暮れてから急に温度が下がってる……上着をとってこよう、暖房入れようかな、ミルクをあっためて飲もうか……ちょっとくらくらする頭を振りながら、居間と台所をうろうろする。

さっきの桂次郎もおかしかった。なんであんなところにいたんだろう？　あいつの家は山の近所じゃないのに。真逆の、町の南側に住んでるんだ。

まさか尾けてきた？　また私を突き飛ばすつもり？　そう思って一瞬立ちすくんでしまった。

でも桂次郎の様子はいつもと違った。私の顔を見れば睨（にら）んでくるのに、さっきは口が大きく開いていた。純粋に驚いていた。珍しい動物でも見つけたみたいに。

そして、私の前に立ちふさがらなかった。畑の端から動かなくて、私が道を通るのをあっさり許してくれたのだった。

だから私は一目散に家に帰ってきた。いまになってみると、あいつがあそこにいたことも信じられなくなってくる。夢だったような気がする。

また電話が鳴った。私は急いで受話器を取る。

「はいもしもし」

『あ、あやか？』

一気に気が抜けた。サナオの声だった。

『もう帰ってたんだ。よかった』

「なに？」

『いや、和枝んとこ行ったんでしょ？　どうだったのかなって思って』

少しは心配してくれたらしい。私は言った。

「会えなかった」

また、身体がブルッと震える。

「なんか変なの、あのアパート……」

うまく説明できないことは自分でもすぐ分かった。

「変な部屋があった。布みたいなのがいっぱい垂れ下がってて、水が腐ったような臭いがするの。変なやつもいた。すごく感じが悪いやつ。和枝はいなかった。部屋に帰ってこなかった……」

私は小さい子どもみたいに支離滅裂(しりめつれつ)なことを言っている。なのにサナオは、

『そうなんだ』

と返してきた。こんなに物わかりがいいサナオは珍しい。

『あのさ。訊いてみようか？　澪ちゃんに』

サナオはそう言い出した。私には意味が分からない。

「なにを？」

『あ、言ってなかったっけ。あの子、事件を解決したことがあるんだよ』

ますます意味不明。

「なにそれ」

『隣町で、子どもが何人もいなくなったでしょ。あれ、解決したの。澪ちゃんが』

「え……あの名探偵？」

私は呆然と言った。

隣町で幼児連続失踪事件が起きたのは、つい先々月のことだ。

三歳から五歳くらいの子どもが跡形もなく消えるという事件の犯人を、小学生がつきとめたというニュースは、私たちの町や学校でもずいぶん話題になった。どうやら頭のおかしい夫婦が二人で誘拐していたらしいのだが、その小学生のおかげで逮捕されたのだ。

その子はいきなり警察に現れて「犯人が分かりました」と言ったらしい。

そのとき、いなくなった子どもの一人と手をつないでいたそうだ。

ただ、刑事に詳しいことを訊かれても「分かりません」の一点張りで、「〇〇が犯人です」と繰り返すだけ。刑事たちは困ってしまったが、いなくなった子どもの手を実際に引いてるわけだから、その子が犯人だと言う人間の家に直行。任意で事情を聞いたらあっさり白状して、閉じこめられていた子どもたちも無事に見つかったというのだ。

なんとも不思議な話だが、噂ではなく事実だったらしい。「スーパー小学生」と銘打ってその活躍を伝えた週刊誌があって、同級生がこっそり教室に持ち込んで回し読みしていた。私はちゃんと読んでないから、スーパー小学生は男の子だと勝手に思っていた。なのに、あのサングラスをかけた小さな女の子がスーパー小学生？　まだ一年生なのに。目も悪いらしいのに。

『澪ちゃん、彩香のこと気にしてたし、和枝のこと話したら心配してた』

なんとも言いようがなかった。私とはちょっと話しただけだ。なのにどうして心配してくれるのだろう。

ひとりで高いところに行かないほうがいいですよ。

あの大人びた声が耳に甦る。

『だからさ、そのアパートのこと、澪ちゃんに話してみようよ』

「あの子に頼んだら推理してくれるっていうの？　和枝が学校に来なくなった謎を解いてくれるの？」

『もしかしたら。話してみないと分かんないじゃん？』

「推理が得意だからって、和枝のこと分かるかなあ」

私は突き放した。サナオのテキトーな思いつきに腹が立っていた。

「和枝が誘拐されたって言いたいの？　でもあの子、この町のことそんなに知らないでしょ？」

『分かってるよ』

サナオの声には動揺がない。意外だった。

『澪ちゃんは、名探偵って言われてる。けど名探偵じゃないんだ』

「？　なに言ってるのよ？」

『だからさ。ぼくが言いたいのは』

サナオはそこで言いよどみ、ちょっと声を低くした。

「……不思議な力を持ってるんじゃないかと思うんだ」

私はピンと来た。

「なに、霊感？　超能力みたいなの？」

『うん』

「それで、子どもをさらった犯人が分かったっていうの？」

『うん。たぶんだけど』

ふだんの私なら怒っていた。バカなこと言ってんじゃないわよ、と即座に電話を切っていたかも。実際そうしかけた。

私は、黒瀬澪の不思議な佇(たたず)まいを思い出す。あの落ちつき。子どもらしくない話し方。

『なんていうのかな……あんな不思議な子に会ったことない』

サナオのいやに真剣な声に、私は声を失う。バカにしたいのにできないのは、私も同じように感じてるからだと思った。でも。

「あたしは、やだなあ」

私の口から出た声には、素直さがなかった。

「あんなに小っちゃい子だよ？　期待しすぎるの、よくないと思う。たしかに賢そうな子だけど……どうせもう転校してっちゃうんでしょ？」

『うん。そうだけど』

サナオはいつになく頑固だった。

『心配してくれてるしさ……やっぱり話してみたほうがいいと思うけどなあ』

「だってもう帰ったんでしょう？　となりの町に」

『そうだけど、電話は知ってるから』

「いいよ。そんな、電話しなくても」

背筋の冷たさが、手の震えが、私の心から余裕を奪っていた。前向きになれない。サナオが食い下がれば食い下がるほど、私も頑なになった。

だれも頼りにならない。挙げ句の果てに、霊感少女か。冗談じゃない。そんなふうに心がねじけた。

「じゃね。よけいなことしないでね」

私は強引に話を打ち切って受話器を置いた。

心配してくれるのは嬉しいけど見当違いなことはやめてほしい。かえって疲れる。サナオはいつもずれてるんだ。ほんとイライラする。

私は居間のソファに座ると呆然とした。ちょっと前に、古いアパートの庭の椅子に座っていた自分がウソみたいだった。あたし、あんな上からよく帰って来られたなあ。

お母さんが帰ってきた。スーパーで買い物をしてきたみたいだ。リビングに来て私がいるのを確かめると笑顔になって、台所に行って夕飯の支度を始めた。

私も行って手伝わなきゃ。お母さんもそれを期待してる。だけど……まだ寒い。なんだか変だ。和枝が、サナオが、山の上が、町が、私の身体が、なにもかもが。

その後の記憶はひどく断片的だ。気がついたらダイニングでごはんを食べていた。仕事で帰りの遅いお父さんを待たずに、お母さんと二人で。

そのときにはもう、私の身体は寒いのを通り越して、重くて重くて仕方なくなっていた。

魚の小骨を取るのは得意なほうで、きれいに取ってから思い切り食べるのがクセだったのに、うまくいかない。お母さんが作ってくれた焼き魚が堅い堅いカツオブシに見えた。指がうまく動かない。おまけに目の焦点が合わない。ぼやけてしまう。それで、あたし熱があるんだ、と気がついたのだった。しかもハンパじゃないくらいの熱だ。

お母さんも私の様子がおかしいことに気づいて、

「彩香、あなただいじょうぶ？　具合悪いの？」

と腰を浮かした。

「そうみたい」

私は認めた。ほっぺや額がいつの間にかカイロみたいに熱を発している。逆に手足は冷え切っている。両手の指先はかじかんで血色を失っていた。

どんな重い風邪をひいたときもこんな異常は感じたことがない。

はっきり自覚してしまうと、スイッチが切れたみたいに私はたまらずダウンした。

お母さんにだっこされてベッドに直行した。

ほどなく意識もなくなった。それはまさに、寝込むというより意識を失う、という感じだった。

それから、私の身体はひたすら部屋のベッドの上にあった。かかりつけのお医者さんが診に来てくれたらしいけど、私にはまったくその記憶がない。それほど深く眠っていた。目を覚まさなかった。

意識を失っているあいだ、私はずっと夢を見ていた。一度や二度、微かに目が覚めて、ベッドにいる自分に気づく瞬間はあった気がするけど、まるで途切れなく上映されている映画があって、眠ると必ずそこに舞い戻るかのような感じだった。

私は間荘にいる。山の上のアパートに。

庭に立って、なにをするでもなく空を見上げたり、木の上を飛ぶカラスを眺めたりしている。ときには庭を掃いたり、石ころを片づけたりする。なにげない日常を過ごしている。まるで長いあいだそこで暮らしてきたかのように。

１０１号室の刈谷老人が椅子に座ってのんびりしている。

１０２号室の石丸さんは相変わらずひたすら洗濯物を干している。私も少し手伝ったりする。お互い笑いながら雑談する。

アパートの裏側に回って、各部屋の表札を眺める。１０３号室の表札も見える。

〝大家〟と書いてある。

私はちょっと笑った。現実の世界にはこんな表札はない。名前じゃなくて「大家」

と書く人がどこにいるだろう。だけど私は不思議に思わない。ああ、大家さんはここに一緒に住んでるんだ、住人のみんなと。そう納得する。

気がつくと私はいつの間にか二階の廊下にいる。

２０１号室の〝片岸〟の表札の真ん前。

部屋のなかに人の気配がする。

だけど私にはドアのなかをのぞく勇気がない。和枝がいるかも知れないのに、やっと会えるかも知れないのに……そそくさとドアを離れる。

その隣の２０２号室の前に立つ。

表札がない、だれもいないはずのその部屋に、はっきりと人の気配がした。

しかも、何人もの気配が。

おかしな、灰色の布で覆われているこの部屋に、人が？

私はそこも覗くことができない。あんなもの、見るのは一度で充分だ。ドアが閉じていても、鼻にまとわりついてくるようなあのよどみの臭いは、微かに感じられた。

あわててドアを離れる。

その先はどん詰まりだ。私は立ち止まる。

２０３号室のドアが開いた。なかから山田繁が、くわえ煙草で出てくる。湿った空気のなかを、吐き出した煙草の煙が漂い、山田繁の顔をにじませる。

しかめっ面のような笑み。こんないびつな笑顔は見たことがない。

気がつくと私はアパートを下りている。まったく別の場所にいる。

首塚だ。同じ山のなかだけど、いつの間に？　石碑と石塔と、看板。歴史が好きな人以外にはまるで味気ない場所。ちょっと怖いスポット。

山田繁が私の目の前にいる。相変わらず歪んだ笑みを見せている。私はこいつに連れてこられたのか？

首塚を見た。横長の石碑の上に、板が一枚置かれている。その板の上に――

生首が四つ並んでいた。

私は驚きもせずそれを受け入れていた。

首塚なんだから、首があるのは当たり前だ。そう思っている。

どの首も、頭の真ん中を剃り上げて、両脇から生えた長い髪が耳を隠している。戦に負けた武士たちが、髷を切られ、首を切り落とされて等間隔に並べられているのだ。

全員が目を閉じている。

死んで間もないのか、顔には血色がある。まるで生きているかのようだ。顔だけ見ていると、いきなり目を開けてしゃべり出しそうだった。

だが、板の下は石碑。どう見ても身体はない。

ほんとうに首だけなんだ、と思った。

首たちのそばに立って、山田繁はずっとニヤニヤしている。まるで自分が戦に勝ったみたいに。負かした敵をバカにするように。

しきりに吹かしていた煙草を、指で挟んで口から外す。

そして――生首の一つにくわえさせた。

生首はすんなり煙草をくわえた。目を閉じたまま、口から煙草をぶら下げる。

たちまち煙が、鼻の穴から、耳の穴から漂い出した。

生首は煙草を吸ってるわけじゃない。当たり前だ、肺がないんだから。

なのに生首は自分で吸っているように見える――煙はいまや頭蓋骨のなかに充満している。山田繁のいたずらのせいで、煙まみれだ。

山田繁は愉快そうに口を開けている。笑い声こそ聞こえないが、その笑顔はますます歪んで、いまや化け物のようだった。黒ずんで腐った肉の塊だ。

私は少し離れた場所で、眉をひそめながら、ただ黙ってそれを見ているのだ。

どうすることもできない。逃げ出すことさえ。

ハッと目が覚める。

私は天井を見つめた。

私が私の部屋にいることは分かっている。ぜんぶ、眠っているあいだの夢だということも。もう戻りたくなければ目を閉じなければいい。

なのに私はまた目を閉じてしまう。そしてたちまち、あの山に舞い戻るのだ。出てくるのが刈谷老人や石丸さんならまだいい。なにげない間荘の日常を過ごすだけなら。なのにカラスにも、山田繁にも、生首にも会ってしまう。

そして、会いたい和枝には会えない。どうやっても。

大家の姿も決して見えない。１０３号室のなかに気配はするのに、出てくることは一度もなかった。

私はパッと目を開けた。

何度目の覚醒だったろう。真夜中過ぎ、真っ暗な部屋のなかで、私はふいに悟った。

先生たちと同じだ。上川先生も吉泉先生も同じ目に遭っている。熱を出して起き上がれなくなって、こんな変な夢ばかり見させられている。確信した。

どうしてだ？　間荘に行くとみんなこうなる。

和枝……思わず名前を呟く。一度行っただけの人間がこうなるのに、住んでる人間はどうなるの？

でも、彼女に対する心配も遠かった。なんだか麻痺している。

会えていればまた違っていただろう。だが、現実にも会えなかったし、夢の中でさえ会えないのだ。

自分のことも心配にならなかった。とにかく熱くてだるくて、頭がぼうっとしてまともにものが考えられない。身動きすることさえ億劫だった。まるで長いあいだ手足を縛られて、血が通わなくなっているような感じだ。ただ、ものみたいにベッドに横たわっているしかないのだった。

お母さんが心配してしょっちゅう私の横に来たみたいだし、仕事から帰ってきたお父さんも様子を見に来たらしい。私はほとんど気づかなかったし、反応もできなかった。

眠りに落ちればたちまち間荘に舞い戻った。私はそもそも家に帰っていない。ずっと間荘にいるんだ、と思い込んでしまうほどだった。部屋で寝てる自分のほうが夢なのだ。

私の生活の場はあの山の上。住人と話したり、和枝を捜したり。生首のそばにいたり。それが本当の私の人生だ。

カラスはひっきりなしに飛び交っている。彼らもまた間荘の住人のようだった。屋根や柵にとまって、ゆっくり休んではまた飛んでいく。

石丸さんは洗濯を続けている。干すべき衣類は無限にあるようだった。庭の物干し竿では足りなくて、アパートの軒下や、階段や、林の木の枝にまで干し始めている。

刈谷さんは九死に一生を得た話を続けていた。脳梗塞で倒れた話ばかりではない。彼は熊に襲われたことも、鉄砲水に流されたこともあるようだった。毎月のように危機に見舞われては死の淵から戻ってくる。まるで不死身の英雄だった。

山田繁は絶えず煙草を吹かしながらうろうろと動き回っている。なにをしたいのかまったく分からない。ニヤニヤしたり、イライラしたり、ツバを吐いたりしながら首塚と間荘を行ったり来たりする。たまに間違えて生首を持ってきてしまって、あわてて戻しに行く。刈谷さんも石丸さんも笑ってそれを見送るのだ。おまけに、私までもが。すっかり間荘の生活になじんでいる。

みんなと笑いながら、ふいにああ嫌だ、と思った。

ここは時間が止まっている。私はここで永遠に同じようなことを繰り返さなくてはならない。

ガシャッ、ガシャッ、ガシャッ――という騒々しい音が聞こえてくる。山道のほうを見ると、鎧武者が坂を登ったり下ったりしているのが、木々のあいだにチラッと見えた。

かぶっている兜（かぶと）に付いている飾り。細長いものが八本、放射線状に伸びているのが見えた。それで、あの武者はやっぱりこの町の豪族だ、と分かる。ご先祖様たちは蜘蛛（くも）を信仰していたそうだ。昔からの言い伝えで、神社のご神体も蜘蛛の形をしているらしい。

賢くて働き者の虫——厳密（げんみつ）には、虫じゃないけど——を尊敬して、あやかる意味もあって、武将たちは兜に蜘蛛を象（かたど）った飾りを付けた。鎧の腹の部分にも、蜘蛛の巣の模様を描いたりしたらしい。首塚の案内板を読めばそう書いてある。蜘蛛を祀（まつ）り上げるなんて、きっとこの国では珍しい例だろう。そして主流になれないままに、伝統は途絶えた。滅ぼされてしまったから。

町の名前にだけ、伝統はかろうじて残されている。私たちの町の名前は、知雲（ちくも）。でもかつては「知久母」と書いたらしい。久母とは、蜘蛛の古い書き方だという。私たちのご先祖は、戦には負けたけど、なにからなにまで奪われたわけじゃなかった……

蜘蛛の兜（かぶと）の鎧武者たちは、間荘までは来ない。首塚のほうをうろうろしているようだった。石丸さんも刈谷さんも遠巻きに見ているだけ。表情に変化はない。不安そうな顔をしている気もしたけど、慣れているのかも知れない。

生首にはちょっかいを出すくせに、鎧武者には「やべえやべえ」とか言って近づこうとしない山田繁も妙だった。根っから弱い者いじめが好きなのかも知れない。生首はもう動けないけど、鎧武者は斬りかかってくるかも知れない。そういうことか。

桂次郎が山の麓のほうにいるのが見えたのも不思議だった。山道にさしかかるところでモジモジしている。なにを迷っているんだろう？　と思ったら、急に足をバタバタやり出した。まるで熱いフライパンの上に素足で乗せられたみたいに。

いや、違う。目を凝らすと、見えた。

桂次郎はなにかを踏みつけている。地面にいっぱいいるもの、とても小さくて、ちょこまかと動くもの――

蜘蛛だ。それも、子どもの。

あの日と同じだ……私は鮮やかに思い出す。忘れられない記憶だ。

私が家来みたいに桂次郎を連れて歩いていた頃。小学生の、一年か二年。近所の小川のほとりにある、藪（やぶ）のなかを探検したことがあった。

草の葉っぱにくっついている、灰色の大きな繭（まゆ）を見つけて、私は面白半分に木の枝でつついた。繭を破ろうとしたのだ。あの頃むやみに攻撃的だった私は、どうしてもなかが見たかった。一度決めたら自分の思い通りにしないと気が済まなかった。

しつこくつついているうちに、繭は破れた。中からどす黒い水が沁み出してきた――いや、違う。よく見ると、その水は生きていた。水の一粒一粒が、とても小さな生き物だったのだ。

それは無数の足を持っていた。数え切れないほどの小さな足がわさわさと動いている。次々あふれ出してくる。一気に血圧が下がった。ふだん威張っている自分なんかなんの役にも立たなかった、私はそれこそ小娘のように悲鳴を上げた。イヤッ！　と言って飛び退く。恐ろしく小さな蜘蛛が何百匹と這い出てきてあっちへこっちへと逃げまどっている――

踏みつぶしてえ！　私は絶叫していた。

桂次郎は有能な兵士みたいだった。ただちに地面を繰り返し踏みつけた。穴の開いたズボンから桂次郎の膝小僧がひょこひょこ飛び出す光景が、いまもはっきり目に浮かぶ。子どもの蜘蛛たちはあえなく潰されていった――のだと思う。実際に目で見たわけじゃない、全身に鳥肌が立って、実際に肌を蜘蛛たちが這い回っているような感覚に襲われていた私は、地面にまったく目を向けられなかった。桂次郎はひたすら命令に忠実だった。飛び退いた私のところまで蜘蛛が逃げて行かないように、念入りに足を動かしていた。

桂次郎はあの日と同じことをしている。

私が命令したわけでもないのに。かわいそうに……そう思った。いつまで私の家来をやらされてるんだろう。

私は麓から目を逸らす。山のなかに視線を戻す。

ごく自然に、一つの部屋を見つめている。

ドアの前に立っている。

１０３号室――

そのなかから、感じる気配。

表札は〝大家〞。相変わらず、決して姿は見せない。

どんな人なんだろう。

いや……人なのだろうか。

私はふいに気づいた。間荘はつねに昼間だ。夜が来ない。

住人はだれも寝ない。やっぱり時間が止まっている……

ああ、だめだ。この夢には終わりがない、と思った。

私は階段を駆け上がった。衝動に突き動かされるままに。

石丸さんが悲しげな目で私を見送っていた。でも私は脇目もふらず２０２号室の前まで来ると、決して開けたくないと思っていたドアを、開けた。

壁にも床にも、天井にも灰色が揺らめいてる。そこからほつれた糸の先が、宙を漂う。

もわっと鼻にからみつく、よどんだ臭い。

そして、揺らめく灰色の布のなかに――

人がいた。

顔が、見えた。

それは――上川先生。そして、吉泉先生だった。

壁際の灰色にくるまれた上川先生は子どもみたいに体育座りをして、悲しそうに宙を見つめていた。

床の灰色のなかで、吉泉先生は正座して、虚(うつ)ろな顔をしている。その手に、足に、細い灰色がぐるぐる巻きついている。

その二人だけではなかった。

たくさんの灰色のふくらみのなかに、一人ずつ人がいる。

私の知らない人たち。

みんなじっとしている。くるまれた灰色から出ない。顔を見ると、みんな覇気(はき)がない。出る気力を失っているようだった。濃い湿気と異臭の中で、なにもかもあきらめたかのようにここに囚われている人たち。ここはなんなの、いったい——

ふいに気づいた。

私もうずくまっている。灰色のなかに。

私は自由ではなかった。ここから出られないでいる。私は本当は、初めからずっとこのなかにいたのだ。

暗い灰色は私の両腕に、足に、胴体にも首にも巻きついていた。細い糸状のものが束(たば)になって私を縛っている。そしてさらに、身体ぜんたいを包み込んでいるのだ。

ああ、出られない……という諦(あきら)めがすっかり私を縛っていた。膝を抱えて縮こまるしかない。

きゅう、と私の手首が締めつけられた。お腹のあたりも。

ぽたり、とかすかな音。湿気がひどすぎて、天井からしたたり落ちる水。

いや……ただの水だろうか？　私は鈍い頭で考える。違う気がする……この臭気。

じゃあ、水でないとしたらなに？

私は目を上げる。本当は顔ごと上げたいのに、首にも糸が巻きついていてうまく動かない。だから目だけを、必死に上に向ける。

気配がするのだ。天井のほうでなにかが動いている……黒い影。わさわさと蠢いている。でも見えない。

天井にも何人もの人が貼りついている。糸にくるまれて動けずにいる。そのあいだを、素早く移動するもの。恐怖で身体が跳ね上がろうとする、でもできない、もがけばもがくほど身体がぎゅうっと締めつけられてますます苦しくなる手足が麻痺する息も苦しくなる。ああ動けない胸が潰されて呼吸もできない出られないもうだめ――

「なるほど」

声が聞こえた。

「ここがはざまの部屋ね」

私はハッと顔を上げる。

いや……自分の目が開いたのが分かった。

ここは私の部屋。ベッドのなかだ。

見慣れた天井が見える。

ひどくホッとした。はっきり目を覚ますことが、できた。まぶたが開いてよかった……二度と開かなかったかも知れないのに。そんな気がした。しかも、手が動く。縛りつけられている感覚は失せていた。その手に熱い感触がある。だれかが私の右手を握っている。

小さな手だった。

私は顔を動かす。見たことのある顔が見えた。

サナオがいる。びっくりしたような顔で私を見ている。

その横には――黒い眼鏡をかけた小さな女の子。

私の手を握っているのは、この子。黒瀬澪だ。

どうして？　という目を私がしたのが分かったのだろう。サナオが言った。

「澪ちゃんが、どうしても会いたいって言うから」

私は澪とサナオを見比べた。それから、壁の時計を見ようとする。よく見えない。

喘ぐような声が出た。私の口から。

「いま……何時？」

「八時。ごめん朝っぱらから。お母さんに頼んだら入れてくれて」

何時に来ようが、サナオが来たらお母さんは追い返さない。幼稚園のときからの幼なじみだから。でも、サナオは見知らぬ女の子まで連れてきた。お母さんはどう思ったろう。サナオが「友達です」って言ったんだろうけど。

カーテンの隙間から光が差し込んでいるのが見える。

朝だ。私は一晩中、間荘にいたのか……

「もうだいじょうぶ」

澪が言った。

私は、まじまじと澪の顔を見た。

「ずいぶん厄介な場所。部屋の主は、だれかしら」

澪の声は落ちついている。包容力さえ感じた。

私は思わず、上体を起こした。

「あたしも気になってるの」

澪に向かって言っていた。通じると分かっていた。

「大家さんが怪しいと思ってるんだけど……」

声がちゃんと出る。私は元気を取り戻している。

澪が小さく頷いた。

「外に出て来ないのね」

「なんの話？」

サナオが目をパチクリやっている。

「なんの話か、あたしにも分かんない」

私は言った。ただ、自分の直感が正しいことだけは分かっていた。確信を込めて言う。

「和枝が危ない」

それだけは間違いなかった。

「先生たちも。なんとかしなくちゃ……」

澪がうん、と頷いた。

サナオはますます素っ頓狂な顔になる。自分が連れてきたのに、自分だけのけ者。そんな情けない気分になっているのが分かった。

いや。あんたお手柄よ。この子を連れてきてくれたんだから。

私の身体から熱が引いている。どんどん力が戻ってくるのが分かった。

目の前の少女を見据える。

「あなた何者？」

ごく自然な問いだった。

女の子もごく自然に、首を傾げた。答えはない。

おかしなことを訊いてしまっただろうか。私が後悔していると、彼女は答えた。

「こういうの、初めてじゃないから」

サナオが目を輝かせて澪を見た。

澪は指を上げて、自分のサングラスに触れる。

「見えてしまうの」

私は、サングラスの奥にある目を探す。

かすかに見える。きれいに見開かれた瞳が。

「目が悪い分、ふつうの人が見えないものが、見えてしまうみたい」

「じゃ、分かるの？　あそこがおかしいって」

澪は頷いた。

この子は、あそこ、というのが山の上のアパートのことだと分かっている。

話が通じて嬉しかった。この子はやっぱり不思議な力を持っている……つないだ手の熱さを感じたときから、それを知っていた気がした。

「あそこに行くと心を盗(と)られてしまう」

声はかわいい子どもの声だ。なのに口調はよどみない。

「身体は戻ってこられても、心はあそこに残ったまま。だから熱が出たり、具合が悪くなって寝込んでしまう。身体が使いものにならなくなるの」

瞬時に納得した。夢のなかで見たこと、私がこの身体で感じていたことにぴったり当てはまる。

あの空き部屋だ。あの灰色の糸のなかにたくさんの人が囚われていた。私自身も。

あれは――

「あたしも……心を盗られた？」

私は恐る恐る言った。

「あなたはもうだいじょうぶ」

そう言って安心させてくれる。

澪の言うとおりだった。私の頭はすっかりしゃんとしている。まだ少し、身体に熱が残っている感じはするが、運動した後のような爽快さに近い。

私は自分の部屋に戻れたんだ。身体だけじゃなくて、心も。

あの灰色にからまれて囚われていた。でも、逃げ出せた。

めでたしめでたしじゃない。私はもう大丈夫だとしても、先生たちは……？

頭を振る。そして、訊いた。

「あなた、あたしを助けてくれたの？」

すると澪は言った。

「知りたかったの。山の上でなにが起きてるか。彩香ちゃんのおかげで、だいたい分かった」

頼もしい言葉だった。すがるような気持ちになってしまう。

「和枝のことも助けてくれない？」

こんな小学二年生がいるはずがない。なのにもう私は不思議に思っていない。目の前にいるんだからしょうがないじゃないか。

「和枝は、あのアパートに捕まってるんだと思う。たぶん大家さんに」

澪は私を見つめた。サングラスの奥の瞳が、まっすぐに私を捉えているのが分かる。

「ごめんなさい」

澪は、顔を伏せた。

「もう発たなくちゃならないの」

私はただ見返すしかなかった。

「これから東京に行って、それから空港に行って、飛行機に乗るから……」

サナオも頷く。説明してくれた。澪は昨日いったん隣町に戻ったが、今朝早くまたこの町に来た。この町から出る特急に乗るためだ。そして東京へ行く。

私はがっかりしてしまって、思わず溜め息をついた。じゃあ、だれを頼ればいいの？

「だいじょうぶ」

ところが澪は微笑んで、また私の手をぎゅっと握ったのだ。

「彩香ちゃん。あなたにならできる。いや」

サナオがあっけにとられて私たちの手を見つめている。

「あなたにしかできない。和枝ちゃんも待ってるわ。あなたを」

全身が震えた。

澪の声が私には、神のお告げのように聞こえた。

「終わらせるの、こんなことは。もう一度のあのアパートへ行って、大家さんの部屋をノックして。みんなを取り戻したいなら、大家さんに頼むしかない」

「あたしが……」

不思議に、怖くはなかった。またあそこに行かなくてはならない。そんな気はしていたのだ。

ただ、どうやったらいいか自信がなかった。私はなにも知らない。なんの力も持っていない。そんな私が、和枝を助け出せるの？

「正尚くんもいっしょに行ってあげてね」

澪はサナオを見て微笑んだ。

「……マジで？」

サナオの目が飛び出しそうだ。

「マジ。女の子を守るのが男の子の仕事」

冗談めかした口調は、小学生のものじゃない。でももう違和感さえない。見た目がどんなに小さな子でも、頼りになるのはこの子だけ。

そしてこの子は言うのだ。私にもう一度、あの山の上へ行けと。

澪は、はいているスカートのポケットに手を入れた。小さなものを取り出す。

「これあげる」

澪が私に差し出したのは——折り鶴だった。

いっぱいに翼を広げている。鋭い尻尾が天に向いている。掌にすんなり収まるほどのサイズだ。

「もし怖いのが出てきたら、これ投げて。効くから」

澪はそう言って、ツルの翼をたたんで平らにすると、私の手に握らせた。

私は大事に手で包み込む。この子はお守りをくれたんだ。

「もう行かないと。じゃあね。がんばってください」

急に子どもっぽい言い方になると、澪はひょいと立ち上がって部屋を出て行く。

「あ、送ってくよ」

「だいじょうぶ。駅までの道、分かります」

澪の声が遠ざかってゆく。サナオはあわてて追いかける。

私は、部屋のなかに一人になった。

しばらく呆然として、それからなぜか……顔に笑みが浮かんだ。

手には温かい感触が残っている。あの子の体温。そして、かわいい折り鶴。

私は表情を引き締めた。

またあそこへ行かないと。間荘への山道を登っていかないと。

一刻を争うんだ。それが私には分かっていた。

サナオはすぐ戻ってきた。澪はサナオのエスコートをきっぱり断ったらしい。

駅まではそんなに遠くないから問題ないだろう。家族が待っているんだろうし。

「いやあ、なんだか……ビックリするね、澪ちゃんには」

サナオは頭を掻(か)いた。

「いつもビックリさせられてばっかなんだ」

「あんたがそうなんだから、あたしはもっとそうよ」

「うん。でも、あんな面白い子いない」

「そうね」

私は頷いた。そして言う。

「行こう。山の上に。和枝のアパートに」

「え？　これから？」

「うん。ま、ごはんでも食べてから」

そういえばお腹が空いてる。

「よかったら食べてって。で……いっしょに来てくれるよね。サナオ」

サナオは思い切り目を泳がせた。

インタリュード ＃２

「それで行ったのよね。あたしたち、二人であそこへ」

私はカフェの椅子に深々ともたれかかって、胸の底から言った。

「そうだね」

サナオも私の真似（まね）をするみたいに、パソコンのキーボードから手を放して椅子にもたれた。なんとも感慨深げな表情だ。

「信じられないね」

「うん。まだ五年生だったんだもんな……よくまあ、あんな怖いところへ」

「あんたはずいぶん嫌がったけどね」

「え、そうだっけ？」

サナオはごまかすように笑う。小学生のあの頃となにも変わらないクセだ。都合が悪くなるととにかく笑う。そのしまりのない笑顔が、大いに相手を苛（いら）つかせることに本人は気づいてない。

「なーに言ってんだか。もろビビってたじゃない」

「あのアパートが怖かったんじゃない。首塚が苦手だったんだ」

呆れた、という感じで私は鼻を鳴らす。

「そんなのが自慢になるの？」

「ちがうって、怖いっていうより、タタリにあうのが嫌だったんだ」

「それが弱虫っていうんじゃない」

言えば言うほど見苦しい。子どもの頃からまるで進歩してない。

だから彼女に愛想尽かされるのよ、というセリフを呑みこむのに大変だった。

フラれそうなんだよどうしよう、という相談を受けたのは半年ぐらい前。結婚まで考えていた大学の同級生に捨てられずに済む方法を私に訊いてきた。そして私は一個も思いつかなかった。

行ってる大学が違うから直接その子は知らないが、知っていたらこう言うだろう。あなたは正しい。こんな情けない男に人生預けてどうするのって。

結局その彼女には捨てられたらしい。サナオはしばらく立ち直れなかったようで連絡がなかった。久々に連絡が来たと思ったら、いきなり十年前の話だ。なに考えてるのやら。過去を振り返って自分をたたき直したいのかも知れない。

「だってさ、寝込んでる彩香、どんなふうに見えたと思う？」

サナオは口を尖らせて力説した。

「いまだから言うけど正直、あのまま死ぬんじゃないかと思ったもん。本気で。だって彩香、風邪さえめったにひかなかったじゃん。あんなふうになるなんて絶対タタリだと思った」

「まあ、タタリだったんだけどね」

私は不謹慎に笑う。

「そ、そうだろ？　ぼくが澪ちゃんを連れて行かなかったら大変だったよ」

「自分の手柄みたいに言わないでよ！　澪ちゃんが来たいって言ったんでしょ？」

「だけど、相談してみたら、って言ったのぼくじゃん」

「それはそうだけど」

私はなんだか心配になってきた。

「ねえちょっと、正確に書いてよ？　かっこつけないでね。あの日のサナオにかっこいいところなんて一個もなかったんだから」

「そ、それは、言い過ぎだろ……」

「ううん」

私は非情に首を振る。

「だって、途中で気失ってほとんど憶えてないんでしょ」

「憶えてるよ！　そりゃ、ちょっとのあいだ、わけ分かんなくなってたけど」

「ちょっとじゃない。だいぶよ」

「そうかなあ……」

サナオの往生際の悪さには呆れるしかなかった。直面したくないのだ。あの日の真実に。情けない自分に。

でももう、それも十年前の話。どこか笑って話せる自分がいる。

サナオだってそうだ。やっと振り返れるようになったから、こうして会って話せているのだ。

この、嘘みたいな春の日。テーブルのパラソルの縁から見える青い空は本当に青い。都会の空気が珍しく澄んでいる。こんな素晴らしい日には、まるでこの国全体が平和な気がしてくる。ちょっとした楽園みたいに思える。

でも……湿った暗い空がある。この国のどこかに、必ず。天気に関係なく。はざまにある場所。時間が止まった場所がある。私はそれを知っている。

　サナオも空を見つめている。

　私は横顔を見た。黙ってると大人びて見えるなあ、と思った。喋(しゃべ)り出すとぶち壊しだけど。損(そん)なタイプだ。

　でも、サナオも私もとっくに子ども時代を抜けて、成人し、まもなく社会人になる。

　あの日を越えていまがある。

　信じられないものばかりを目にしたあの日をくぐり抜けたからこそ、いまの私がここにいる。ずいぶん遠くまで来た——私は思わず伸びをする。東京の真ん中のお洒落(しゃれ)な町で、ときには笑みを浮かべて話している。あんなとてつもない思い出を。まるで世間話でもするみたいな顔で。

　でもあの日は到底(とうてい)、こんなふうにはいられなかった。気楽なときは一瞬だってなかった。

　生きてここにいられるだけで、ラッキーだったのかも。

　だってあの日はあまりにも暗かった。この明るい陽射しをあの日に届けたいくらいだ！　それぐらい光のない日だった。

　ここまで来たら、最後まで話をするしかない。だけど本当に、あったことをすべて語り尽くすなんて、できるんだろうか？

サナオが少年のように目を輝かせて私を見る。

「それで、あのあと……どうなったんだっけ」

私の口から語らせようとする。

ちょっと睨みつけてから、息を整え、私はまたしゃべり始めた。

第四章　再びはざまへ

気がつけば土曜日だった。おまけに秋分の日。学校は休み。

嘘みたいに元気になった私を見て、お母さんは腕を振るってくれた。やわらかめのごはんに小エビや甘い野菜を煮て混ぜて、食べやすいようにチーズをまぶしてくれた。お母さん流リゾットって感じか。サナオまで、美味しいってお代わりしておかしかった。

「ああ、元気になってほんとによかった」

お母さんはちょっと涙ぐんでくれた。

「きょうは休んで、あなたの看病するつもりだったけど」

「もうだいじょうぶよ、あたし」

私は小さくガッツポーズをしてみせる。

「じゃあ、お父さんの手伝いに行っても、いいのね？」

「うん」

　お父さんは飲食店をいくつか経営していて、週末は自分のレストランや居酒屋を回っていた。お母さんもよく手伝いに行く。お得意さんの相手をしたり、時には厨房にも入るのだ。

「おとなしく留守番しててね。きょうは外に出ないで」

「うん」

　私は素直な子どものように頷いた。これから山に行くなんて絶対言わない。

　サナオがなにか口を滑らせそうだったので睨みつけた。

「ほんとは、まだ寝てたほうがいいわよ」

　お母さんはどこまでも優しかった。

「うん。具合がおかしいようだったら、そうする。サナオと家で遊んでるから心配いらないよ。行ってらっしゃい」

　お母さんが家を出て行くと、私とサナオはなんとなく口をつぐんで窓から外を眺めた。

　朝から暗い雨が降っていた。

「……ほんとに行くの？」

「当たり前じゃない」

和枝のことを考えたら、どんな天気だろうと、どんなに気が進まなくても、行かなくちゃ。薄手のコートを雨ガッパ代わりに着込むと玄関に向かった。下駄箱を開ける。長靴(ながぐつ)をはこうかどうか迷ったけど、山道を登ることを考えてスニーカーにした。

浮かない顔のサナオを連れて、傘(かさ)を開いて外に出る。見上げると空は、まだ午前中なのに夕暮れのようだ。山のほうを見るとぼうっと白く霞(かす)んでいた。雨の膜(まく)に包まれているように見える。

私は自分に気合いを入れる。待っててよ和枝、と呟いた。

歩き出す。山の麓までは二十分弱。

ひたすら黙々と歩く。一生懸命傘を立てても、雨は身体を下から濡らす。後ろには微かな気配。振り返ると、ビニール傘の下にサナオの浮かない顔がある。とりあえずまだ逃げ出してはいない。私はなにも言わずに歩き続ける。

山の麓まできた。廃屋の脇を通り過ぎる。もう靴はだいぶ濡れている。またぞろ寒気が襲ってきた。

見上げると、山道はきのうより険しく見える。

かまうもんか。私は足を止めずに登り始めた。一度ためらうと気持ちが挫けるのが怖かったのだ。

坂道の上から雨水が流れてくる。ちょっとした滝(たき)だ。子どもなんか流してやろうか、という山の悪意に見えた。靴は完全にびしょびしょだ。

ひえー、という情けない声が追ってくる。見るとサナオはへっぴり腰で登ってくる。首塚のほうに目を向けないようにしているのが分かった。こんなやつ追い返したほうがいいんじゃないかと本気で思った。

だけど、私も……いまは首塚が怖い。

鼻の穴から、耳の穴から吹き出す煙。

物言わぬ生首たち。

夢のなかで見た光景は生々しすぎた。まるで現実にあったことのようだ。

私はサナオを見た。こんな根性なしでも、いないよりはマシ。たった一人きりでまたあのアパートに行くなんて、考えるだけで足がすくむ。

「澪ちゃん、もう東京着いたかな?」

怖さをごまかすためだろう。サナオが唐突に言った。

私は思わず、ポケットのなかにあるものを触る。

ちっぽけな折り鶴。

もちろん忘れずに持ってきた。サナオよりよっぽど心強かった。だれに言ってもバカみたいだと言うだろう。ただの子どものおまじない。そんな紙切れがなんの役に立つの？　って。でも私は、それがあるだけで嬉しかった。触ると、私の手を握ったあの子の手の熱さを思い出した。

私たちはまた、ひたすらに登ってゆく。カラスの鳴き声が聞こえないのは有り難かった。雨のおかげだろうか。どこかのねぐらに集まって、飛ぶのをやめているのか。

そうだ、と思った。澪ちゃんは「はざまの部屋」と言ってた。

はざまってなんのことだろう？　あのときはなんとなく分かってた気がするけど、改めて考えるとよく分からない。サナオはもしかして、知っているだろうか？　澪から聞いたことがある？　期待薄だとは思ったけど、聞いてみようと思って振り返った。

サナオの後ろにある姿を見て私は立ちすくんだ。

山道を駆け上がってくる。すごい勢いで、私たちを目指して。

私の様子に気づいたサナオが振り返った。そして声をもらす。

「え……桂次郎？」

そうだ。だれが見ても木田桂次郎だった。

きのう山の麓で会った。今度は山のなかで。なんで？　なにしてるの？

傘はさしていない。雨を遮るのは、着古したねずみ色のパーカーのフードだけだ。

桂次郎はたちまち私たちの前まで来た。

その目は険しい。私たちを怒っているようだ。いや、私だけか、いつものように。

「お、おまえなん……」

サナオが目を白黒させながら言う。

「行くな」

桂次郎が言った。私は、眩暈がした。

「やめろ」

また言った。間違いない。桂次郎がしゃべっている。めったにしゃべらないのに。

桂次郎は止めたがってる。なぜだか分からないけど、私たちを行かせまいとこの山に登ってきた。

「なんで？」

私は言った。

「行かなくちゃならないの。和枝を助けないと」

「行くな」

桂次郎は繰り返した。

「あぶない」

サナオは口をあわあわと動かしている。目が気弱に、桂次郎と私のあいだを行き来する。桂次郎の言うとおりにしたいのだ、引き返したい。私はどやしつけたくなる。

「和枝を見捨てろって言うの？　だれが助けるのよ！」

「おれが行く」

桂次郎が言った。私は、ものすごく動揺した。

「な……なんであんたが」

関係ないでしょ。和枝とは友達でもなんでもないはず。和枝を助けるのはあたしよ！　そう言いそうになった。

「帰って来れなくなる」

桂次郎の声には異様な説得力があった。

「死ぬぞ」

私はぐっと唇を嚙んでしまう。

本当だ、と思ったのだった。なぜだか分からないけど、桂次郎もこの山の上になにがあるか知ってる。それがどんなに怖いものかということも。

「死なない！」

でも私は言ったのだ。

怒りに似た、燃えるような思いとともに。

「死なないもん。和枝を助けて自分も生きる」

こんなに子どもっぽいことを言ったのは久しぶりだと思った。まるで駄々っ子。ただのワガママだ。

でも、ここで桂次郎に言い争いで勝ったところでなんにもならない。

私は自分のワガママを押し通すことにした。

二人の男子を見捨てて、一人で山道を登り始めたのだ。

意地を張ってるみたいで恥ずかしかった。でもどこかで自分が誇らしかった。男子でもこんなに怖がってるのに、あたしはひとりでだって登ってやるんだ。そんな決意を見せられたから。

和枝がいるからだ、と思った。自分にしか助けられないと私は信じている。もし私が行かなかったら……和枝とは、二度と会えない。そんな気がして仕方ない。

しばらくひとりで、黙々と登った。それからふと振り返る。

すぐ後ろに桂次郎がいた。サナオはその後ろだ。

私は、微笑みかけてしまったと思う。

桂次郎は厳しい目で応えた。突き刺すような視線だ。笑ってる場合か。ちゃんと覚悟があるのか？　そう責めるような目。

私は口もとを引き締める。でも、笑顔は消したくなかった。

あんたは相変わらずあたしが気に食わないみたいだけど、勝手にしてよ。ただ、止めるのだけはやめて。あたしはぜったい登るんだから。あんたが引っぱっても突き飛ばしても、あのアパート行くから。

桂次郎は私から目をそらした。その顔はすっかり雨に濡れていた。せめて帽子くらいかぶって来いよと思った。私はふふんと鼻で言って、また山の上に向かって登り出す。背中に、桂次郎がおとなしくついてくる気配がする。なんだかちょっと勝ったみたいで気分がいい。

でもどういうつもりだろう。こいつも和枝のことを心配してくれてるのか？　和枝とは接点がないはずだけど。いや……もしかすると。去年、同じクラスだったのか？そういえばそうだった気がする。けど、お互い無口だからしゃべったこともないんじゃないか。

ちょっと待って。

もしかすると……桂次郎は和枝のことが好きなんじゃ？

ちょっと勘ぐりすぎかな。だけどほんとに、意味が分からないんだ。こいつがいっしょに登ってくる意味が。

桂次郎はなにか知っている。感じているのかも知れない。この山の異常さを。桂次郎は人と違っている。鋭いところがあるのかも知れない。だから山の麓でモジモジしていたのか。同級生がピンチだって、分かったのか。

だいぶ上まで来た。木が多くなってきて山道はますます暗い。かろうじてまだ、麓からの舗装は続いているが、だいぶ古いからアスファルトが禿げて土がむき出しになっている。

枝に降りかかる雨は、枝にいったん溜まってから大粒になって落ちてくる。ボタボタッと傘に当たってちょっとした爆弾だ。ますますアウェイな感じを、私たち全員がひしひし感じていた。こんなところへ来るものじゃない。子どもだけで。いや、大人とだろうと。

「まだー？」

とサナオが情けない声を上げたとき、アパートが目に入った。

茶色の壁は昨日より暗い。雨に濡れたせいかますます濃い色に染まっている。とても人が暮らす建物には見えない。

だが、人がいる。ここには今日も人が住んでいるのだ。

ひどい眩暈を感じた。なんか変だ——という違和感のせいだ。

理由はすぐ分かった。

きのうとまったく同じ光景が目の前にある。

石丸さんが洗濯物を干していた。真っ白な衣類ばかりがズラリと並んで揺らめいている。あの人は洗濯が大好きなんだ。今日もたくさん洗って、張り切って干しているんだろう。働き者な感じがするあの人にはぴったり似合ってる。

でもちょっと待って。雨の日に洗濯物？

私は傘をずらして空を見上げる。

あ……止(や)んでる？　あんなに降ってたのに。

アパートの周りは少し木が減っているから、あいだから空も見える。

雲は相変わらず厚そうだけど、水は落ちてこないようだ。

山の上は少し天気が違うのか？　でもそんなに高い山じゃないし……止んでるなら、洗濯物を干しててもおかしくはないか。止んだ瞬間を狙って干し出したのかも。でも……。

桂次郎がいぶかしげに空を見上げながら、フードを下ろした。おなじみの坊主頭が現れる。サナオもぽかんとした顔で傘をたたんだ。

「彩香ちゃん！　また来たの？」

石丸さんが白い布のあいだから顔を出した。私に気づいて、嬉しそうな顔で迎えてくれる。私の後ろから上がってきた二人の男子に気づいて、あら？　という顔になる。

「こんにちは。あの……この子たち」

私は紹介する。

「えと、木田くんと、沖くんです。同級生です」

「いらっしゃい、よくわざわざこんなとこまで」

サナオは要領悪く頭を下げた。まるで首が折れてるみたいなぎこちなさ。

桂次郎は愛想がない。それどころか、刺すような目だ。

でも石丸さんは気づいていないようだ。明るい笑顔には変化がない。

「あの、きょうは和枝は……」

私が訊くと、

「あら。いないのよ。あいにくねえ」

石丸さんは目尻を下げて残念そうな笑顔になった。

目の前が暗くなった。またか。そんなことってあるのか？　今日は祝日だ。朝っぱらからどこへ？

そのとき、アパートの裏から人が出てきた。１０１号室の刈谷さんだ。私たちの声が聞こえたらしい。

「おお、三人もいる！　にぎやかだな」

老人は一瞬ギョッとした様子だったが、すぐ嬉しそうに笑った。顔中のしわが二倍ぐらいになる。

「おはようございます。また和枝、いないんですね」

私が言うと、

「ははは。すぐ帰ってくるよ。まあ、座って待ったらいい」

また庭の椅子を勧めてきた。見ると、濡れていない。降った雨はだれかが拭いたらしい。

私は座らなかった。もう、二人の話をすんなり信じるほどおめでたくはなかった。なにかが絶対おかしいのだ。私は愛想よく笑みを浮かべながら、二人をそれとなく観察した。

「おまえさんたちも同級生かい」

刈谷さんが男子たちに向かって機嫌よく訊く。サナオは頷いたが、声は出さない。

あからさまに怯（おび）えた顔で見返している。私の背中に隠れるような位置にいて、前に出ようとしない。

桂次郎はやはり黙っている。鋭い目つきのままで。

仕方がないから私が「沖くんと木田くんです」と紹介する。

「いいなあ、未来のある子どもたちは。これからなんでもできるもんな」

刈谷さんは嬉しくってたまらないって顔だ。人のいいおじいさん。それ以外には見えない。

「刈谷さん、あの」

私は思いきって訊いた。

「ここの大家さんって、どんな人なんですか？」

１０３号室のほうを見ながら。

窓のカーテンは固く閉じている。裏に回っても、〃大家〃なんて表札がないのは分かっている。

刈谷さんの顔が固まった。少しの沈黙のあと、

「いい人だよ」

そう言った。

「とてもあったかい、親切な人だ」

「そうだよ」

石丸さんも言った。

「よそ者のあたしたちを、こころよく受け入れてくれてね。うるさいことはなんにも言わない。ほんとにいい大家さんだ」

「103号室にいるんですよね。あたし、会えますか？」

「それは……どうだろうな」

刈谷さんの顔がますます固まる。仮面のようになった。

「会いたいときに会えるとは限らんから……」

「あんまりこっちから、ノックしたり、呼んだりするのは……」

石丸さんもなんだか顔色が冴えない。私はもどかしくなってくる。

「どうしてですか？」

「怒ると怖いからだよ」

石丸さんはやっと聞こえるぐらいの声で言った。103号室を横目で見ている。聞かれたくないらしい。

「怒らせると大変なことになる。ここを追い出されるかも知れない」

私も１０３号室を見つめる。窓にかかった厚いカーテンの向こうは、まったく見えない。

ただし、気配を感じる。はっきりと。

窓のすぐ向こうで聞き耳を立てている。

「大家さんもわしたちと一緒なんだ、たぶん」

刈谷さんが遠い目をした。

「死にかけたことがあるんだ。だが、間一髪助かった……そこの君は？　そういう目にあったことがあるんじゃないのか？」

サナオはぶんぶん首を振る。

「そうか」

桂次郎を見たが、桂次郎はあさってのほうを見ている。林の枝に留まっているカラスを睨んでいるようだった。

刈谷さんはあきらめて私を見る。

「あやかちゃんは？　あったよな、死にそうになったことが？」

「ありません」

私はちょっとぶっきらぼうに言ってしまった。

刈谷さんは残念そうに、

「そうか。わしはな……脳梗塞って知ってるか？　それで倒れたんだ」

そしてまた、あの話を始めた。九死に一生を得た話を。

「女房が介護してくれて、リハビリにもつきっきりでいてくれた。おかげでどんどん元気になったんだ、倒れたのが嘘みたいにな。麻痺もほとんど残らなかった。もうすっかり元気になった、と思ったところで、女房がポックリいっちまった。わしはもう、やりきれなくてな」

この人……惚けてる？　きのう私にしたのを忘れてる。いや、サナオと桂次郎が初めてだから、男の子たちに聞かせたいのか？　だけど……

「あたしもよ。自転車ごと」

石丸さんも競うようにしゃべり始める。

「自転車ごと車にひかれて、自転車はグシャグシャで使いものにならなくなったんだから。なのにあたしは助かった。たいした傷も負わなくてね」

同じ話だ。

繰り返しだ。昨日と。

夢中でしゃべり続ける二人を尻目に、サナオが私に耳打ちする。

「こ、この人たち、見たことないんだけど……」

やっぱりそうかと思った。立て続けに走る、予感のようなもの。

この人たちは――この町の人じゃない。この町に住んでいない。

私は二階の窓を見る。和枝の部屋、２０１号室の窓を。

カーテンは閉じたまま。昨日と同じだ。

和枝は帰ってこない。昨日のように。

待ってもムダ。待ちぼうけだ。昨日の繰り返しだから。

……和枝は生きてるのか？

私は初めて深刻な疑いを持った。

そんなことがあってはならない。和枝がもう生きてないなんて。だから考えないようにしていた。だけどどうしても最悪の想像をしてしまう。それくらい、状況が異常なのだ。

しゃべり続ける石丸さんに目をやったとき、まったく唐突に、それは起こった。

石丸さんが地面に倒れている。

元気に口を動かしていた石丸さんが、いつのまにか地べたにうつ伏せになっているのだ。

私はまばたきを繰り返す。どう見ても石丸さんは倒れて動かない。自分が見ているものは幻(まぼろし)じゃない、はっきり見える。

石丸さんは自転車と一緒に倒れている。道路のアスファルトの上だ。壊れたライトや部品が散乱してる。自転車のハンドルはぐにゃりと曲がっている。どれほどの力が加わればこうなるんだろう？　前輪はどこかに吹っ飛んでいってしまったらしくて、見えない。

そして石丸さんは——血だらけだった。汚れた雑巾のように転がっている。とうてい、生きた人には見えなかった。

血だらけの石丸さんはふいに薄れて、消えた。目の前にあるのは人のよさそうな笑顔。しゃべり続ける元気な石丸さんだ。

私はとっさにサナオの顔を見る。だがサナオは石丸さんの元気な顔をぽかんと見つめてるだけ。驚いている様子はない。

いま私が見たものはまったく見えてない。

じゃあ私は——なにを見たのか？

決まってる。事故に遭ったときの石丸さんだ。確信があった。何年前か分からないけれど、車にひかれた直後の。

話の通り自転車はグシャグシャだった。だけど、石丸さん自身は軽い怪我だったと本人が言っている。いまも目の前で、熱心に。

怪我どころじゃない。石丸さんは――

死んでいる。

九死に一生を得たんじゃない。ひかれたときに死んだ。

全身を戦慄が貫いた。なにもかも分かった気がした。このアパートは……

とっさに桂次郎を探すと、鋭い目にぶつかった。桂次郎はすでに私を見ていた。まるで注意を促すように。

もしかすると桂次郎も、いま、私と同じものを見た？　するとダダダダと階段からだれかが駆け下りてきた。２０３号室の山田繁だ。相変わらずチンピラのような恰好。口には煙草。灰色の煙をたなびかせながら庭に下りてくる。

刈谷さんと石丸さんが黙った。石丸さんは視線を逸らすだけだったが、刈谷さんは椅子を立って、自分の部屋に向かった。山田繁が気に食わないみたいだ。

「なんでガキが増えてんだ？」

私たちを見るなりシゲルは言った。吐き捨てるように。

「ここは遊び場じゃねえっつうんだ」

「あんた、そんな憎まれ口たたかなくてもいいじゃない」

石丸さんがたしなめた。でもどこかあきらめているような顔だ。

桂次郎が敵意むき出しの目でシゲルを睨みつけている。

シゲルが桂次郎に気づいた。なんだこの生意気なガキは？　というように桂次郎を睨み返す。

石丸さんが動いた。近寄っていく。シゲルの目の前に立つと、

「あんたがいるとややこしくなる。どっかに行ってくれないかい」

石丸さんは珍しくきついことを言った。

シゲルはフン、と鼻で言う。

「放っておけるかよ。だってこいつら和枝を……」

「なに言ってるのよあんた」

石丸さんはあわてたようにシゲルを遮った。

さすがのサナオも反応した。探るように二人を見ている。明らかに石丸さんの様子がおかしいからだ。なにかをごまかそうとしてる。どんな鈍い子だって気づく。

私は石丸さんとシゲルをじっと見据えた。もうごまかされない。そんな意志を込めて。

和枝はどこですか？　あなたたち、知ってるんでしょ？

私は息を吸い込んだ。いまにもそう訊きたい。

でも、訊いてしまっていいのか？　私は寸前で自分を押しとどめた。慎重になるんだ。和枝を危険にさらしたくない。もちろん自分たちのことも。

桂次郎が変な目をしている。シゲルをじっと見ている——目からは敵意が消えていた。なんだか半開きの、煙(けむ)ったような目。シゲルを見ながら、見ていないような。なんだろう？　桂次郎にはなにが見えてる？

「なに見てんだオラ」

桂次郎の視線に気づいたようだ。詰め寄ってくる。

「オマエら、早く帰れ！　もう来んな！」

その瞬間、私には見えた。

男が落ちていく。

高い建物の上から真っ逆さまに。

くわえた煙草が、空中で口から離れる。そして地面へ——

私は思わず目を閉じる。

そうか——山田繁も同じだ。

あなたは死にかけたことがあるの？　このチンピラみたいな男にもしそう訊いたら、こう返すに違いない。

「ビルから落ちたけどピンピンしてた」

と。自慢げに。だがそうじゃない。

助からなかった。

いまの私には、はっきり見える。地面に叩きつけられて、少しも動かないシゲルの身体が。

彼はビルの手すりから突き落とされて死んだ。

殺人犯たちの顔さえはっきり見えた。それはなんと、シゲルの友達だった。いっしょに集まって遊ぶ仲間たちだった。

たいした理由じゃなかった、貸した金をなかなか返さない。笑ってうやむやにしようとするシゲルが憎たらしくて、ちょっと懲らしめるつもりで、屋上に誘い出して、隙を見て背中を押した。脅かすだけだ。でも真っ逆さまに落ちたりしないだろう。もし落ちたって、死んだりしないだろう。

いや、死んだってかまわない。

私は顔をそむけた。あんまりだ。見ていられない。

アパートを見る。１０１号室の窓が少し開いている。刈谷さんも同じだ、もう見なくても分かる。

脳梗塞になったとき死んだ。リハビリして健康な身体に戻ったと思い込んでるけど、実は人生は終わっている。

全員が死んだ人――

私はますます、おしりに火がついたような気分になる。じゃあ、和枝は？　だめだ。考えたくない。ぜったい和枝を見つける。生きたあの子を。だってあの子は電話をくれた……あたしの家に！　死んだ人間にそんなことができるはずない！

「和枝、出てきてよ！」

私はたまらず叫んだ。二階の和枝の部屋に向かって。

「いるのは分かってる。分かったわ、あたしには分かったの。ここがどういう場所か」

石丸さんと山田シゲルに聞かれている。部屋に戻った刈谷さんにも。

もしかすると、大家にも。

でももう我慢できなかった。生きた和枝をこの目で見たい。そしてここから連れ出したい。いますぐに。

「出てきてよ！　顔を見せて」

私はあらん限りの声を出した。

「出られないの？　閉じこめられてるの？」

２０１号室の、固く閉じた窓。

そこを覆うカーテンがふわり、と開いた。

そして窓が、静かに開く。

顔が見えた。

「和枝！」

私は自分に何度も確かめた。間違いない。それは片岸和枝だった。

懐かしかった――半月見なかっただけなのに、その顔はすごく懐かしくて、そして大好きな顔だった。本当に会いたかったんだ私は。ちょっと自分に驚いたくらいだった。

「オイてめえ！」

シゲルがずいっと私に詰め寄ってきた。私は無視する。

サナオが息を呑んでるのが分かる。和枝の顔にあっけにとられていた。それが本物か疑っているようだ。気持ちは分かった。実を言うと、私にも確信はなかった。記憶にある顔と微妙に違っていたからだ。

だって顔がやつれている。知っている顔よりずいぶん頰が痩けている。

窓を開けた腕だって細い。いままでいったいどんな目に……でもそれって、生きている証明だ。石丸さんやシゲルみたいに、死んでるくせに元気なほうが不自然。

「来てくれたんだ……」

声が聞こえた。

間違いない。元気はないけど、和枝の声だ。

私は建物に近づいて和枝の顔をよく見る。

薄目を開けている。表情が鈍い。だけど微かに、嬉しそうだ。

「和枝、電話くれたでしょ？　そりゃ助けに来るわよ」

私はわざとつっけんどんに言った。ちょっと泣きそうだったのだ。

「どうしてたの？　いままで」

サナオも声をかけた。だけど切迫感がない。和枝とこうやって話せることが、凄いことだって分かってない。

気づいてないんだ。ここが死者の住み処だってことを。

昨日の私みたいに、ここの住人がふつうの人だと思ってる。

私は迷った。教えたらサナオは跳び上がって逃げ出す。それか、信じない。こんなにはっきり見えて、話だってできる人たちが幽霊(ゆうれい)のはずないって。あたしだって昨日はそう思ってた。

でもこのアパートは特別なんだ。

死者たちのなかに、生きている人間が一人、取り残されている。

これがどんなに恐ろしいことか、子どもにだって分かる。

「具合が悪いの？　病院行ってる？」

でもサナオはぜんぜん気づかない。尻を蹴飛ばして黙らせたくなった。桂次郎は？

……大家さんの部屋のほうを見ている。和枝よりもそっちのほうが気になるらしい。

桂次郎にはなにか見えてるんだ、さっきから。

あんたはどうしてここにいるの。なにをしたいの？　一瞬、もの凄く訊きたくなった。

いや、それどころじゃない。和枝から目を逸らしちゃダメだ、いますぐこの子を助け出すんだ。

「あたしの家に遊びに来てよ、これから」

言った瞬間、もの凄い名案だと思った。

「すごい楽しい会をやるの！　ぜったい和枝を誘おうと思って来たんだ」

和枝は鈍い表情のままだ。

シゲルがイライラと煙草を吸っては煙を吐き出している。いまにも怒鳴り出しそうだ。ちょっかいを出されたくない。間髪を容れず私は、

「和枝がいないと始まらないの！　ねえサナオ」

と肘でつついた。

「あ、う、うん……」

サナオは調子を合わせてくれた。

「来てくれるよね？」

強引に誘う。サナオがキョロキョロしている。話を合わせて頷いてはいるが、落ちつかない。睨んでくるチンピラから今すぐにでも逃げ出したいのだ。

二階の窓にある表情が、微妙に変わった。

「ありがとう」

和枝は元気のない声で言った。

シゲルも石丸さんも、息を呑んで和枝の部屋の窓を見上げた。もしかすると、私以上に緊張して固唾を呑んでいる。やっぱりこの人たち、和枝がいるのを知ってて隠し

てた。ウソをついてた。

「でも……行けない。ごめん」

和枝の声が落ちてくる。

シゲルも石丸さんも、ほっと息を吐いたのが分かった。

「なんで?!」

私は声を張り上げる。

「大家さんと約束したの」

和枝は微笑んだ。痛々しいぐらいに、優しい微笑みだった。

「約束？　なにを？」

「あと少しだから……」

和枝の笑みに、微かに苦しみがにじんだ。

「頼むから、ここにいてくれって……みんなのために」

「どういう意味？」

私はひどい切迫感に襲われた。

ガア、ガアという鳴き声が耳に入ってくる。いつのまにかカラスが集まっていた。

木の枝の上にとまって、このアパートを取り囲んでる。

「ここがなんだか分かってるの？　この人たちがだれか、分かってるの？」

ちらっと見ると、シゲルの顔に殺気のようなものが漂っている。石丸さんの顔さえ怖い。まるで能面のようだ。

私は失敗したみたいだ。言ってはならないことを言ってしまった、強引に呼びかけて和枝を引っぱり出した。それが気に食わないんだ……でも一刻の猶予もないんだ和枝を助け出さないと、ここから連れ出さないと取り返しのつかないことに……シゲルが詰め寄ってきて私に向かって手をのばす。

つかまえられる。観念して目を閉じようとしたそのとき。

私の前になにかが立ちはだかった。

小さな坊主頭。

私からはその顔は見えない。後頭部だけだ。

右の耳のそばに小さな禿がある。切り傷みたいにも見える。

桂次郎がどんな目をしているか分からない。ただ、シゲルの表情がみるみる変わった。

たじろいでいる。いきなり立ちはだかった男の子の目に驚いてる。

その目がなにを見ているか気づいている。

「こ……このガキ……」

その瞬間、

うおおおおおん、

唸り声が響いた。庭全体に。間荘の壁をビリリと震わせるほどの大きさで。

ガアガアガアガアガアガアガア――間荘を取り囲むカラスたちがいっせいに騒ぎ出した。

背筋が完全に凍りつく。私の本能が反応していた。見たことも聞いたこともない獣の声だと感じた。鳥も獣も色めき立っている。どんな生き物だろうと身体が勝手に怯えて縮こまってしまう。震えが止まらなくなる。

「なに？　なに？」

サナオの顔も真っ青。おもらしでもするんじゃないかと心配になった。キョロキョロと首を振って唸り声の主を探している。桂次郎はというと、シゲルから顔を逸らして一方を見ていた。さっき見ていたところを。

「大変だ。大家さんが出てくるよ！」

石丸さんが声を震わせた。

「やベエ。怒られる」

山田繁が怯えを露わにした。

「テ、テメエらが和枝を連れて行こうとするからだ！」

「ダメ！」

私は叫び返した。ひどく腹が立ったのだ。

「和枝を放して。あなたたちとは違う、生きてるの！」

１０３号室の窓が動いている。ビリビリ震えている。窓枠ごと。目の錯覚じゃない、しまいには生き物みたいにブルブルけいれんし出した。

ピタリ、と止まる。

それから音もなく、横に動いた。閉じていた窓の隙間が少しずつ広がってゆく。

初めに出てきたのは、風だった。生臭い匂い。もわっと鼻を襲う荒々しい臭いだった。やっぱり野生の獣だ、そして次に出てきたのは――

影、だった。

ほかに言いようがない。それは真っ黒な影だった、暗い塊、どんなに光を当てたって吸い込んでしまうだろうと思わせる闇……それが音もなく、部屋から出てきた。初めは丸いと思ったそれは、うにょうにょうにょと蠢(うごめ)いて、やがてぐわんと天へ突き上げた。

人の形になった。

でかい。

二メートル以上、いや三メートル近くあるだろう。

それが二本の足を動かして、近づいてくる。言葉にすると馬鹿げてるのは分かってる、そのときの私だって、自分が見ているものが信じられなかった。突拍子もなさ過ぎると人は完全に麻痺してしまう。それは、私だけじゃなかった。その場にいる全員が恐怖で動けなかった。生者も死者も平等に立ちすくんでいた。

うおおおおおおおおおん、

とまた啼(な)いた。鼓膜(こまく)に破れ目ができるんじゃないかと思うほどの大音量で、衝撃波(しょうげきは)が空気を震わせて波動が広がっていくのが目に見えるようだった。それはアパートの壁にぶつかって間荘自体が細かく震えた。建物の輪郭(りんかく)がはっきりしなくなった。辺りの木々にも当たって枝が震える、震えすぎて透明に見える。音波は私たちにもぶつかって肌に感電したような痛みをもたらした。そのとき私は直感したのだ。

これは音じゃない。怒りだ。出てきた黒い巨人の激怒がそのまま世界を震わせている。

ふあ、と変な声を出してサナオがその場にへたり込んだ。気を失った。私は、怒ることも笑うこともできない。私だって意識が飛びそうだったのだ。こんなでっかい影……私なんか頭から呑みこんでしまいそうだ。

それでも私の目はパッと二階の窓に向かった。

和枝の顔がない。逃げた？　私は激しくまばたきしながら目を戻す。黒い巨人が近づいてくる、怒って私たちを呑みこむ——だから影に向かって動く人影を見たときは信じられなかった、全員が立ちすくんでいるのに。しかも、動いたのはこの場でいちばん小さな子だ。

桂次郎はなぜかひどい前傾姿勢で、ほとんど四つんばいで前に進んでいた。怖くて足がすくんでちゃんと歩けなかったのかも知れない。でも、身体は拒否しているのに、桂次郎は前に進んでいた。

そしてぎこちない動きで、腕を振った。なにかを投げた。

あっ！　私は目を疑う。

ちっぽけなものが宙を飛んでいく。でっかい影に向かって。

見覚えがある。それは——折り鶴。

影は無造作に手を払った。身体に同化していたから分からなかったけど、影は巨大な手を持っていた。特大のハエたたきに打たれたように、折り鶴は虚しくたたき落とされた。と思った瞬間、折り鶴が鋭く光った！

まるで、影に触れたことで化学反応が起きたみたいだった。折り鶴は電球のフィラメントのような、光そのものになった。いやフィラメントどころじゃない、カメラのフラッシュの何十倍もの光を放った。目の前で稲妻が発生したかのようだ。

閃光は庭を、間荘を、林の中までを照らし出した。

ああ見える、と私は思った。ぜんぶ。

私は目を閉じなかった。なぜか眩しくなかった。視界の隅々までがよく見えて、この場にいる全員の表情が見えた。生きている者と死んでいる者の区別もはっきりついた。こんなによくものが見えたことがないと言うくらいはっきり見える。

でもいちばんはっきり見えたのは影でできた巨人だった。

そんなもの——いなかった。

あっそうだったのか、と思った。

見える。この影は影じゃない。ゆっくりこっちに向かって歩きながらぐわっと両手を振り上げた。ますます巨大になった。いまにも私は叩きつぶされる。

なのに怖くない。これは影じゃなくて、巨人でもないから。

おじさんだ。

ずんぐりむっくりの、真面目そうな顔をしたおじさんが、影に重なって見えた。

このおじさんが影を作り出して、操っていた。術みたいなものを使って。巨大な黒い影は、こけおどしだ。サナオはあっさりだまされて気絶した。びっくり箱に驚いたのと同じだ。でも、びっくり箱にほんとのお化けが入ってた試しはない。

桂次郎が投げた折り鶴の光のおかげでぜんぶ見えてしまった。正体はこの人。私は話しかけた。

「もうやめてください」

我ながら、私の声は落ち着いていた。

「見えてますよ。大家さん」

影の動きが止まった。

戸惑ったようにその場で足踏みをして、頭を振った。あきらめたように。

そして、ヒュルルルルル……と見る間に小さくなる。黒い影が、消えた。

水色のカーディガンを着た、私とたいして背丈（せたけ）の変わらないおじさんがそこにいる。困ったような目で私を見つめている。

「脅（おど）してもムダです」

私は言った。なんだか、自分が強くなったような気がした。目がよく見える。前よりずっと。私は、隠れているものを見つけられる。そんな自信が芽生えている。

でも、自分の目だけじゃ無理だった。いまの折り鶴の光のおかげだ。

私は桂次郎に声をかける。

「どうしてあんたがそれを？」

自分のポケットに手を入れながら。感触があった。私が澪にもらった折り鶴はここにある。

「怖いものが出てきたら投げて」

と言われていたのを忘れていた。いざ怖いものが出てくると、そんな余裕はなかった。存在自体を忘れていたのだ。だが桂次郎は違った。

「もらった」

答えはそっけなかった。でも私には分かった。桂次郎は、どこかで澪ちゃんに会ったのだ。そして折り鶴をもらった。私と同じように。使い方も教わった。

澪は援軍を用意しておいてくれたのだ。

あの子がくれた小さな折り紙は、まるで灯明（とうみょう）だ。どんなに暗い闇に正体を隠しても、鮮やかに照らして暴（あば）いてしまうサーチライト。すごい。

やれやれ、という感じで山田シゲルが頭を振っているのに気づいた。

石丸さんも泣き笑いのような表情だ。大家さんが正体を現したことに驚いていない。正体を知っていたのだ。なのに、怖がる演技をしていた。私たちを驚かせようとして。

「どうしてこんなことするんですか」

私は声を張った。みんなグルになって、私たちを追い返そうとしたと分かったのだ。

「なんで、和枝を捕まえて、閉じこめてるんですか！」

「そんなつもりはないんだ」

すっかり正体を現した大家さんが言った。

見た目通り、人のよさそうなしゃべり方だった。

「心配をかけたことは申し訳ないと思っているよ。だけど、仕方なかったんだ」

そしてアパートのほうを見る。

「和枝ちゃんも承知の上だ」

私もつられてそっちを見た。

すると、部屋を出た和枝が階段を下りてくるところだった。

自分の意志で出てきた……部屋に鍵は掛かっていなかった。閉じこめられていたわけではなかったのだ。

つまり和枝は、いたくてここにいた。

「必要なんだよ。和枝ちゃんが、どうしても」

大家さんの声には気持ちがこもっている。悪い人じゃない、と私は感じた。

「どういうこと？」

でも私は鋭く訊く。だまされていたことを忘れない。

「まず、現実問題として」

大家さんの顔はひどく穏やかだった。

「和枝ちゃんとお母さんがここを出ていったら、このアパートは取り壊されてしまう」

「え？」

和枝は階段を下りきると、庭に立った。そして私に向かって頷きかける。

近くで見るとますます、やつれているのが分かった。だけど、眼差しの強さは変わらない。ああ、本当に久しぶりに和枝に会えたんだ。そう実感した。

和枝は細い足をすりあわせるように動かして――それはまるで、久しぶりに歩く人のようにぎこちなかった――私たちに近づいてくると、桂次郎にも頷きかけた。たぶんしゃべったこともない同級生だけど、いまの勇気ある行動は見ていただろう。するとと桂次郎も小さく頷いた。私はなんだか変に感動した。この二人、私なんかよりよっぽど分かりあってるように見える。

和枝は、地べたにひっくり返っているサナオのところまで行ってしゃがみ込んだ。額に手を当てて顔をのぞき込む。こんな腰抜けの心配をしてくれる。相変わらず大人びた子だ。

そうだったのか、と私は悟った。

和枝は、この間荘でただ一人の、生きた住人。いまは和枝と母親が住んでいるから、かろうじてアパートは存在している。でも、取り壊されるのは時間の問題なんだ。それくらいここは人気がない。採算が取れない。老朽化もひどい。

「それよりも大事なことがある。私たちには、生きている人が必要だ」

大家さんは私に向かってしっかり言葉を発した。

受け止めてほしい、という思いを感じた。

「生きた身体を失った我々が、留まれる場所は限られている。ここは数少ない特別な場所なんだ。山自体が霊場だ。古くから死者が寄り集まる、目印のような場所。大海に浮かぶ、小島のような存在。あるいは、ちがう世界をつなぎ合わせる中継地。駅か港のような存在なんだよ」

大家さんの言葉は不思議にすんなり私のなかに入ってきた。この人はウソを言っていない。

「生と死のはざまに建物を保とうと思ったら、我々だけでは無理。生きている人間の協力が必要なんだ。若い、生命力の強い者のほうが好都合だ。なにより、広い心。優しい気持ち。さまよう者を哀れに思い、包み込んでくれるような気持ちの持ち主がいてくれなくてはならない。そうして初めて、我々に安らぎがもたらされる」

石丸さんが顔を伏せて話を聞いている。シゲルさえもが神妙な顔で黙っていた。

「和枝ちゃんは、これ以上ない人材なんだ。我々のことを、いとおしんでくれた。和枝ちゃんがここにいてくれるから、私たちはこうして、ここで暮らすことができる」

１０１号室の窓がするする開いて、刈谷さんの顔が見えたと思ったらすぐに閉じた。だが耳をそばだてている。

並んでいる顔たちを見回すと、アパートの住人たちはみんな、なんとなく後ろめたい様子で和枝のことを見守っていた。

和枝はサナオを抱きかかえて頭をなでている。サナオにはもったいないほどの優しさだと思った。

「だからって、和枝をずっとここに捕まえてるの？」

私は言った。言ってから、自分は正しい、と思った。

「そんなのひどい」

正当な怒りが私の身体のなかを駆けめぐっている。私は和枝を守りたい。

「いつまでも続けられるとは思っていなかった」

大家さんは目を伏せた。申し訳なさを隠さない。この人はほんとうにいい人みたいだ。

「いずれは終わらせる。でも、いまは必要なんだ……この人たちには、準備が必要なんだよ」

大家さんは住人たちを見回した。

「きちんと準備ができたら、ここから去る覚悟ができたら、出ていく。みんなして他へ移るつもりだった」

石丸さんが両手で顔を覆った。シゲルは必死な目で大家さんを見つめていたが、やがて目を逸らした。

私はそれを見て感じた。この人たちは、大家さんの話にショックを受けている。自分が死んでいることを知らなかったのか？……いや。気づいてはいた。薄々でも。ただ、認めていなかった。いままで頑なに否定し続けていたのだ。

「そう」

大家さんが言った。私の疑問に答えるように。

「簡単に準備ができるものではない。死とは、大変なものだ……なかなか受け入れられないものなんだ」

その声には深い感情が沁み渡っていた。場違いかも知れないけど、なんて人間らしい人だろうと私は思った。

「我々は和枝ちゃんの優しさに甘えている。たしかにそうだ。和枝ちゃんがいなくなれば魔法は解けてしまう。我々は、すぐさま立ち退かなければならないのだからね。つい、一日一日と先延(さきの)ばしにしてしまった……」

「あたしは別にいいの」

和枝が言った。

「お母さんはまだ帰ってこないし、そんなに学校に行きたいわけでもなかったし。彩香には心配かけるかなと思ったけど……でも、あたしがいることで、みんながここにいられるなら」

「和枝、あんた、この人たちが死んでるってことを承知で……」

私が言うと和枝はうん、と頷いた。

「この人たち、お母さんには見えてなかったもの」

「私は、手を差し出した。それが契約の証だった」

大家さんは目を閉じると、ゆっくり言った。昔のことを思い出すかのように。

「私の手は……冷たかったと思うよ。和枝ちゃんは死者の手を握ってくれた。私のことを、信じてくれた」

「水沢さんの手はあったかかったよ」

和枝はなんでもないって言い方をした。

「水沢さん？」

「それが、私の名前です」

大家さんは言った。

「そのとき間荘が成立した。このアパートは本来別の名前だが、和枝ちゃんが私を受け入れてくれたその瞬間から〝間荘〟になった。そして、石丸さんたちが続々とやって来た」

なんということだ。このアパートの最初の住人は、和枝のほうだったのだ。そのあとで、死んだ人たちがどこかから移ってきた。和枝は、新しい入居者たちが生きた人間ではないことをよく分かっていたし、この幽霊アパートが存在するために自分が必要だということも分かっていた。すべてを承知の上で、大家さんの求めに応じて、この場に居続けた。

そんなこと、ふつうの子にできるだろうか？

「水沢さんが新しい大家さんになった。本当の大家さんが別の町にいるってこと、知ってた。だけど、水沢さんのほうが立派な大家さんだから、あたしは応援したくって」

「和枝……」

私はなんて言ったらいいのか分からなかった。

お人好しとなじるべきか。優しすぎるよと呆れたいのか。それとも、えらいねと誉めたいのか。

私の変な顔に気づいて、和枝はほんのり笑った。

「彩香には、言ってなかったけど」

目を細めてうつむく。

「あたしには弟がいたの。ちっちゃいころに死んじゃったけど」

知らなかった。

そういえば和枝は、お姉さん顔だ。そんなことを思う自分がおかしかった。言葉もなく、和枝を見つめる。

和枝はますます笑顔になった。

「ここで待ってたら、もしかしたらあの子も来るかな、なんて」

そうだったのか……和枝は、死者の世界を近しく感じていた。いなくなった弟のことを、ずっと思っていた。だから、和枝は彼らを放っておけなかった。

「けっきょく、弟には会えそうにないけどね」

和枝は片目をつぶる。

大人みたいだ、と思った。あきらめることが上手。それくらい、和枝はいろんなものを失ってきた。大切なものばかりを。

「私は、和枝ちゃんの弟に会ったことはない。どこにいるかも分からない」

大家さんは静かに言った。

「ということは……きっと、迷子じゃないんだ。我々のような」

和枝も私も、大家さんを見つめる。

「行くべきところへ旅立った。そういうことだと思う」

私はますます言葉を失う。

死ぬことなんて、そのあとのことなんて、考えたこともなかったから。私はあまりにも能天気に過ごしてきた。この人たちの前で、なにが言えるだろう。

「彩香、あなたはだいじょうぶ？」

でも和枝は心配してくれた。なんにも考えてない子どもを。

「部屋まで来てくれて、手紙を入れてくれるなんて……そこまでしてくれるって思わなかったから、嬉しかった。ほんとに。いないふりして悪かったけど」

「あたしのことよりあんたのことよ」

私はわざときつい声で言った。

「電話でもなんにも言わないし。こんなところに一人でいるなんて、絶対よくないのに」

和枝の笑顔に悲しみが混じる。

「ごめん。でも……」

「そんなの不自然よ。絶対おかしい」

私は言い張った。駄々っ子みたいなのは分かっていた。でも譲れない。

「幽霊と一緒にいるなんてよくないよ。もし、あなたも幽霊になっちゃったら……」

大家さんが眉をひそめている。石丸さんも泣きべそのような表情だ。シゲルがイライラと煙を吐き出している。

私の声には優しさがない。子どもらしい残酷さ全開だって自覚があった。でもいまは喜んで子どもでいる。分からず屋のきかん坊だ。昔のいじめっ子のあたしだ。

私にとって大事なのは、死んだ人たちじゃない。生きている和枝だから。

どうして和枝がこんな役割を背負わなくちゃいけないの？

「和枝を返してください」

私は大家さんや、石丸さんたちに向かって言った。

「もう、和枝に頼るのはやめて……和枝には和枝の人生があるんです」

桂次郎が強く頷いた。それが目に入って、私はふいに泣きそうになった。でも必死にこらえる。

「ありがと、彩香。ほんとに」

和枝の静かな声のせいで涙腺が決壊しそうになる。奥歯を噛みしめた。拳をぎゅっと握った。こらえろ！

逆に桂次郎は笑っていた。こんな顔めったに見ないから、ついまじまじ見てしまう。この子のマネをすればいいのかも知れない。たしかにちょっと冗談みたいな気分だ。私たち、久しぶりに会ってなにしゃべってるんだ？

しかも、私たちの会話を聞いているのはみんな、死んだ人たちらしいし。サナオは和枝の腕のなかでまだ気絶してる。かっこ悪いったらない。サナオらしいけど。

私は……顔をゆるませた。どうにか。

こんなの現実とは思えない。夢の続きを見てるみたい。

でもここでだったらありうるんだ。

このアパートでなら。昔から死者が集うこの山でなら。

はざまにある場所。

ここでは時間が止まる。あるいは、ゆっくりになったり速くなったりする。

天気も、町とは違う。あんな大雨がここには降らない。

確実に違う場所なんだ。はっきり感じている……私の感覚が。

はためく白い洗濯物たちが、シゲルの燃え尽きない煙草が、それを教えてくれる。ぜんぶ彼らの一部だ。現実のものじゃない。彼らが必要として、自分で作り出したもの。この〝場〟を利用して作られているものだ。よく見ればそんなこと、簡単に分かった。

自分にこれほどのものが見えている、ということが私には驚きだった。

現に大家さんを見つめると、もっとよく分かった。

「大家さん。あなたも、少し前に死んだのね」

大家さんは頷いた。その顔に、悲しみはないように見えた。

この人は自分の運命を受け入れている。

「私は、北海道で観光案内の仕事をしていました。添乗員として、毎日北海道をぐるぐる回っていました」

なるほど、と思った。なんだか似合う気がする。観光客にも好かれる人だっただろう。

「私はもともと、心臓に問題がありました。それでも、死ぬことはないだろうと思っていましたが……ある日、胸が苦しくて倒れて、目が覚めたら、世界がどうも違っている。気のせいだろうと思って、ふつうに生活を続けようとしたのですが」

すぐに無理だと分かった。いろんな人に無視される。話しかけてもまったく反応がない。

みんなに自分が見えていない。どうしてしまったんだ？

だが水沢さんは、他の人とは違った。

「自分がもう、生きてはいない。それには、早い段階で気づくことができたと思います」

この人は真実を直視する勇気を持っていた。真実を探ろうとする意志も。

「それなのに、私はいつまでも、慣れ親しんだ世界にいる。この二十一世紀の日本に留まったままでした。天国にも地獄にも行く気配がない。なぜなんだろう？　この世をさまようのが私の運命なのだろうか？　いろんな人に出会いました。私と同じような死者に。でも、答えを知っている人はいなかった。私と同じようにただきまよっているだけです。私を慰められる人も、私を導いてくれる人にも出会いませんでした」

和枝がいとおしそうに水沢さんを見つめている。

たぶん、もう聞いたことのある話なのに。和枝はこの人が好きなんだと分かった。心底思いやっている。

「それどころか、出会う人のほとんどは、私以上に迷子で、孤独で不安で、気づいてさえいませんでした。自分が死んだということに。あるいは、薄々気づいていても認めようとしない。真実から目を背けていた。生前と同じように人に関わろうとして、悲惨な事態を起こしてしまう者さえいました」

　悲惨な事態？　私は、訊く勇気がなかった。

　悪霊。祟り。そんな言葉が脳裏を過っても、口に出すことができない。

「不憫でならなかった……放っておいても、彼らに平安は訪れない。この世はなんと、迷える魂であふれていることか。救いはないのか？　どうにか、できないものだろうか。私はいつしか真剣に考え始めました。私とて同じ穴の狢のようなものだが、迷子同士、助け合えないものか。つらさに慣れながら、迷える人々が少しずつ、真実に向き合う場所を作れないものか」

　水沢さんの顔はどんどん悲壮さを増していった。

「ときどき、怖いものに出会いました。恐ろしい、黒いものに連れて行かれる人も見ました。私たちをだまして連れて行こうとする、邪悪な連中がいるのです。あれを悪魔というのか、鬼というのか、死神というのか、分からないが……さっき私が化けたのは、そうしたものを私なりに真似したのです。影の塊が地の底から這い出してきて、いろんなものに化ける。ただの人間のふりをして、迷える者をさらっていく」

　ゾッとした。死んだ人間に襲いかかる試練があるというのか。わけも分からない邪悪なものに怯えなくてはならないのか。私はまだ子どもだけど、いつか死んだら、同じような試練にさらされる。あまり嬉しい話じゃない。

「このままではいけない。一人一人孤立して、あてもなくさまよって、挙げ句に闇に吸い込まれる。そんな悲劇は、避けなくては」

　水沢さんが言うと、和枝が力強く頷いた。水沢さんは感謝するように和枝を見る。

「私は、力を振るいました。だんだんと、力を振るえることが分かったのです。自分にはなにがしかの能力がある。さっきのように、変なものに化けて人を脅かす。それも、私にできることの一つです。はざまにある場所を見つけて、生者の力を借りて、こうした住居を造る。そして、さまよっている人たちに声をかけて連れてくる。それも、私にできること。いまできる最善のこと、のように思えました」

　石丸さんがうるんだ目で水沢さんを見つめている。洗濯ばかりしていた両手を胸の前で合わせている。

「私はここの大家を名乗り、さまよい人たちを住まわせることにしました。彼らはゆっくり、少しずつ、自分たちの立場を理解できればいい。もはや自分たちは生きていない。たぶん、どこかに行くべき場所がある。そう悟るだろう。そこへ至(いた)る道を、一緒に見つけよう。そう伝えたかった」

そこで水沢さんはにっこりした。

「なんだか、私の生前の仕事に似ています。旅行者の皆さんの案内をして、目的地まで無事に送り届ける。性に合っていたんですね。違うのは、私にもまだ、目的地が分からないということです」

和枝が優しく微笑んでいる。私には、桂次郎までが優しい顔をしているように見えた。

「思いは通じると信じて、みんなと一緒に救われることを念じて、このアパートの運営を続けてきました。和枝ちゃんの力を借りて。でも失敗ばかりです。大家を名乗りはしましたが、四六時中、住人の皆さんの面倒を見ていられるわけではない。私にできないことも日に日に分かってくる。悲しいほどに、自分の力は限られている。大家を名乗る資格などないのではないか……そんな罪の意識に苛(さいな)まれてもいます」

「水沢さんはせいいっぱいやっていると思います」

和枝が言った。だが水沢さんは首を振る。

「私には、なぜか見えないものがある」

水沢さんはひどく真剣な顔で、自分の目のあたりを指さした。

「この目には、なんというのか……死角のようなものがある。眩しすぎて見えないもの、逆に、暗すぎて見えない場所。至るところにそういうものがある。だから私はみんなを導けない。いつまで経っても、目的地が見えない……私自身の欠陥のせいで」

よく分からなかった。私は首を傾げて、

「目が悪いってことですか？」

と訊いた。死んだ人にする質問じゃないなと思いながら。

水沢さんは曖昧に頷く。石丸さんが代わりに答えた。

「私も目隠しをされているようなもんさ。この山にも、真っ黒だったり眩しかったりでよく見えなくて、近づけない場所がいっぱいある。首塚のところも、頂上のほうもそうだ。場所だけじゃないんだよ、なんでもそうだ。たとえば、人の顔さ」

そう言って石丸さんは、ぐっと二重あごを引いて上目づかいになって、私の顔を見つめた。

「目のところが真っ暗で見えなかったり、あごがないように見える人がいるんだ……逆に眩しくて、よく見えない人に会ったことがあるよ。一回だけだけど」

「でもそれは、死んでものが見えなくなったということではないんです」

水沢さんが言った。

「死ぬと、自分になにが見えないか分かる。生きているあいだは、なにが見えていないかさえ分からなかった。だから、視野は広がっている……のだと思う。これがすべての死者に共通することなのかどうか、分からないが。そしてとりわけ、肝心なのは、この世の出口がどうしても見つからないということです」

水沢さんはひどく無念そうだった。

「生前の研鑽が足りなかったということだろうか。道も見えない。導いてくれる者も見つからない。本当は、そばにいるのかも知れないのに……目の前にいても気づかない。私たちには、見えないものが多すぎる」

胸に響いた。水沢さんの言っていることがぜんぶ、実感を持って理解できたわけじゃない。だけど、妙に納得がいく気もした。

私たちは、見えないものだらけなんだ。

「人の顔まで見えないって、じゃ、あたしの顔は？」

私は訊いた。

「きみの顔はしっかり見えている。そう思う」

石丸さんも頷いた。シゲルもニヤニヤしてるから、同じだろう。

「和枝ちゃんも、木田くんも、沖くんもね。きみたちは、私から隠れるつもりがないだろう？」

和枝も私も頷いた。

正直よく分からない。彼らの目から見る世界がどういうものか。物理的な目――眼球とか網膜とか虹彩とか――を失ってしまうのだから、自然の光でものを見るのではない。心の目でものを見るようになる、ということだろうか。それで、見えるものと見えないものがはっきり分かれる、ということなのかな。

でも、肝心なものが見つからない。彼らの出口が。目的地が。なぜなんだろう。神さまの意地悪か。悪魔の仕業か。どうすれば見えるようになるんだ？　彼らの捜しているものが。道が。

私には答えようがなかった。

「さっき、私の正体を見破った灯明があっただろう」

水沢さんが急いで訊いた。

「あれはどこから？」

桂次郎に向かって。桂次郎は目を瞠る。

「ああいうものは、ふつうの人は作れない。いったい……」

桂次郎はさっきと同じ。「もらった」と言うだけだった。

「澪ちゃんでしょ。満座小学校の子。もう転校しちゃうけど」

私が言うと、桂次郎はまばたきで答えた。

もしかすると桂次郎は、澪の名前も知らなかったかも知れない。でも、友達もいない、人とコミュニケーションを取れない桂次郎が、一度会っただけで信用して、渡されたものをもらって、大事にここまで持ってくる。そういうことが起きたのだ。

「あの鶴、いつもらったの？」

「きのう」

どこかで澪に会ったのだ。学校か、町の中か。桂次郎は澪にスカウトされた。山登りのメンバーを助ける者として。用心棒として？　ともかく、澪は、桂次郎の力が必要だと思った。もしかすると、はっきり言ったのだろうか。彩香ちゃんを助けなさい。和枝ちゃんを助け出しなさいって。でも、よく桂次郎が素直に言うことを聞いたものだ。私のことを憎んでいるのに。こんな危険な山にわざわざいっしょに入ってきて、最初は行かせまいとした。自分ひとりで行こうとしたのだ。

私なんかかまわなければいいのに。私が二度と山から下りてこなかったら、ざまあみろと思っていればいいのに、いっしょに来てくれた。助けてくれた。

「あたしももらったんだ、ほら」

私はポケットから折り紙を出して見せた。

桂次郎が目をまるくする。水沢さんも、石丸さんもシゲルも、眩しそうに目を細めた。

でもいちばん驚いたのは私だった。なぜなら、それは鶴ではなかったから。

折り紙は折り紙だ。でもいまは真っ平(たいら)で、四つの先端が尖っている。

形が手裏剣(しゅりけん)に変わってる！

「かっこいい」

桂次郎が笑顔になった。おれもそっちがよかった、って顔だ。

「きみたちの後ろにだれかを感じる」

水沢さんは私と桂次郎を見比べながら言った。

「深い叡智(えいち)を。私の正体を見破ったのも、その人の力か……きみの後ろにいるのは、だれだい？」

「澪ちゃんていう、女の子」

「女の子？」

「小学二年生。隣町の子」

「小学二年生だって？……参ったな」

水沢さんは頭を掻いた。

「いや、年齢は関係ないな。悪いクセだ。生きていた頃の狭い了見だ」

水沢さんは顔を引き締めた。私の後ろのほうをじっと見る。

「子どもだろうが老人だろうが、この世にいる間は等しく、なにも知らない子どものようなものだ。なにも見えず、行くべき場所も、すべきことも分かってはいない。死んでからも迷子だが、生きているときから私は迷子だった。そう悟ったよ」

水沢さんはますます、目に力を込めた。

「だが、その子は、生まれつき特別な力を持っているらしい。きみたちを使いとしてここに寄こして、なにもかもを見破るように仕向けたんだな。すごい子がいるものだ」

すごい子だったんだ、やっぱり。

私はあの子に感謝しなくてはならない。でも彼女は、もういない。

「その子は……私を導いてはくれないだろうか？」

水沢さんの目には、わななくような光があった。狂おしいほどの期待だ。私は悲しくなる。

「残念。もう、この町を発ってしまったの」

「そうか……」

顔の緊張が解けた。底なしに人のよさそうな優しい笑顔になる。

「私は、とことんついていない」

水沢さんは自分の両方の掌を見つめた。

「その子はきっと、生まれる前のことを憶えている。人間が行くべき場所も、知っているんだろう。教えを乞いたかった」

拳を握り、また広げる。その姿は、生きている人間にしか見えなかった。

生者と死者はなにが違うのだろう？　私は不思議になった。眩暈を感じるほどに。さっぱり分からない。違うところなんて、ほとんどないんじゃないか？　生と死に線引きなんかできる？　意味があるの？　みんな迷子。なんにも知らない。水沢さんの言うとおりだ。

私が食い入るように見てるのがおかしかったんだろう。水沢さんは私を見て、ちょっと恥ずかしそうに笑った。

「死んだ私たちが、生きていたときの姿をとるのは、他によりどころがないからだよ」

答えてくれた。私が考えていたことに。

「もう身体がないというのに、形にこだわってしまう。どんな姿をしたらいいのか分からないんだ。人間はいずれ、形にこだわらずに〝本当の姿〟に戻るのかも知れないが、その〝本当の姿〟がなんだか分からない。だから過去にすがってしまうんだ。先へ進みたい、行くべき場所へ行きたいと思っても、手がかりが見つからない。道が見えない。私自身の目が、開いていないということだ」

石丸さんがなにか言いたそうに、両手をしきりにすり合わせている。水沢さんはそれに気づいて、優しく笑った。

この人が大家を務めていたことが、ふいにすごく納得がいった。

水沢さんはゆっくり、空のほうを見上げる。沁み入るような声で続けた。

「この世に生まれるというのは、本当に、なにもかも忘れることなのだと思うよ。生まれる前のことをぜんぶ失ってしまって、ゼロからのスタート。それでみんな苦労して、結局路頭に迷って、闇に落ちてしまう。なんて哀れな旅人なのだろう、私たちは。そうは思わないか、彩香ちゃん？」

そこで水沢さんは苦しそうに笑った。

「いやいや、ごめん。一人で好き勝手しゃべってしまって……頼りない大人の愚痴など、聞きたくはないよね」

「そんなことない」

私は言った。本心から。

「あたしにもぜんぜん分かりません。分かったらいいですね」

和枝が頷いている。目には熱い光がある。

「あたしも、幽霊が怖いって、前は思ってたと思う。だけどもう分かんなくなっちゃった。だって、幽霊も人だから……」

消えないタバコを吹かしているシゲルがそっぽを向いた。なにかをごまかすように。

石丸さんはごまかさない。口をへの字にした。目が潤(うる)んでくる。

「でも」

私は言わずにはいられない。

「人に迷惑をかけるんだったら、なんかおかしいと思う。和枝は優しいから言うことをきいてくれたかも知れないけど、それに甘えるのってどうよって思う」

「きみの言うとおりだ」

水沢さんは深く頷いた。

「もう、潮時(しおどき)のようだ。間荘は畳(たた)まなくてはならないな……」

大家らしく、住人たちに目をやった。

「だが、そうしたら、私たちはどこへ行ったらいいのだろう？」

石丸さんも山田シゲルも心細い顔で立ち尽くすばかりだ。刈谷老人など、部屋から出てくる気配もない。

怖いのだ。ここから出ていくことが。できるならずっとここにいたい。

石丸さんが途方に暮れたように椅子に腰かける。山田シゲルが肩を落としたまま、階段を上っていく。

「ちくしょう」

という呟きを、煙といっしょに吐き出しながら。自分の部屋に戻るみたいだ。

「ちくしょう」

しきりに言い続けている。刈谷さんみたいに閉じこもる気か。現実を認めることができないのだろう。

「だって」

私は言い訳するみたいに言った。

「ここへ来るだけで、熱出して寝込んじゃうんだから……あなたたちとしゃべっただけで、エネルギーが取られるっていうか、そういうことじゃないの？　やっぱり、生きてる人と死んでる人が触れあって、ちょっと……」

水沢さんは重々しく頷く。

「不自然なことだ。きみの言うとおりだ」

「和枝だって、平気でいられるわけない。こんなに痩せて……」

私は和枝を見た。

だが和枝はまだ、自分のことよりサナオを気遣っている。気を失っている同級生のことを。まぶたがピクピク動いてるけど。いいかげんに目を覚ましてよ！

「そんなに心配してくれたの？　彩香」

和枝はほんのりと笑顔だ。

「当たり前じゃない！　だって、何日ここに一人でいるの？　こんなに元気なのが信じられないくらい」

「あたしは何日、学校を休んでる？」

和枝は訊き返してきた。

「分からないの。ここは日が暮れないから。時間が流れてるような、流れてないような……」

それって、まるであの世だと思った。もちろんあの世がどんな場所かは知らない。だけどきっと、時間に縛られていない。死者はだからいつまでも、生前の姿のままうろうろとさまよっていられるのだ。

「もう二週間よ！　だから上川先生も、吉泉先生もここに来たんじゃない。あんたを心配して」

私は怒ってみせる。

「ちょっと待ってくれ」

水沢さんの声が変わった。見ると、表情が深刻になっている。

「君たちの先生が、ここへ来た？」

「はい」

私は頷いた。なにをいまさら、と思った。

「私は知らないが」

「えっ？」

意味が分からない。私は、この人たちがとぼけてるだけだと思っていた。だって、わざわざここまで上がってきた人に気づかないなんてあるわけないから。

「私も知らないよ」

石丸さんがキョトンとした顔で言った。和枝までが、

「あたしも知らなかった」

と言ったのだ。

おかしい。私は一気に混乱した。

先生たちはここに来ていないのだろうか？　そういうことかも知れない。二人が病気になったのは、ただの偶然。ことは関係なかったんだ。

いや。私はあの光景を思い出す。

灰色の糸にくるまれて、身動きしない二人。あれは夢じゃない。

「あの」

私はあわてて言った。

「気になる部屋があるんですけど。二階の真ん中。２０２。あそこって」

「空き部屋だが……」

水沢さんが言いよどむ。

「だれかいるってことないですか？」

和枝が私をじっと見つめている。心当たりがあるのかも知れない。

「あたし、きのう見たんです。糸みたいなので作られた袋が壁とか天井にくっついて、その中に、人が……」

「なんだって」

水沢さんが声を上げた。呆然と宙を見つめて考えている。大家さんなのに知らなかったのか？　私はきつい言葉を口にしかけたが、

「すまない」

水沢さんが先に頭を下げた。

「私には、アパートの裏側がよく見えないんだ。視界が利かなくなる……」

「裏側？」

「見えない部分があるんだ。まるで幕が張られて、隠してあるようにね。それがまさに２０２号室だ。だが、まさか」

水沢さんはたまらなくなったようで、小走りに階段を上り始めた。

私も後を追いかけながら考えた。このアパートの秘密……水沢さんも知らなかった闇……そこに、すべての謎を解く鍵がある。

目の前の水沢さんはたしかに階段を一段一段踏んでいた。ギシギシ言っている。私を追い越して階段を登っていく桂次郎もギシギシ言わせた。もちろん、続いて登る私もそう。ここでは死んだ人でも実体を持てるんだ。生者も死者も平等に暮らせる、世にも珍しいアパートだ。

だけど、それを利用しているのは、私たちが知っている人だけじゃない。

だれかが紛れ込んでいる。

私が二階にたどり着くと、水沢さんが202号室のドアノブに手をのばすところだった。手が震えている。大家さんでさえ緊張している。桂次郎がそのそばで見守っていた。

水沢さんはノブをつかみ、ゆっくりと引いた。

桂次郎がいちばん先に部屋のなかをのぞき込む。続いて、水沢さんが。

私は二人の後ろからのぞき込んだ。一瞬、なにもないんじゃないかと不安になった。いや、きのう見たのと同じ光景だ。薄明かりのなかに、灰色のかたまりがたくさんある。ほつれた糸がひらひら揺れている。

「私には見えない」

水沢さんが悲しそうに言った。えっ、と驚いて私は水沢さんの顔を見る。

「真っ暗だ」

水沢さんの瞳に映る黒。本当だ、この人には見えないんだ――

桂次郎がごそごそやっている。ズボンのポケットに手を入れて、なにか出した。

小さなそれを、部屋のなかに放る。

パッと光った。

澪にもう一つもらっていたのか！　部屋のなかを、眩しく光る折り鶴が飛んでゆく。おかげで見えた。部屋の隅々まで、あまりにもはっきりと。そこには――

「……先生」

私は呟いた。

やっぱり夢じゃなかった。上川先生と吉泉先生がいる。灰色の繭（まゆ）のようなものに閉じこめられて、じっとしている。

熱に浮かされた夢のなかでは見たけど、きのう実際に来たときは見えなかった。でもいまははっきり見える、すべてを照らし出す明かりのおかげで。

「これは――」

水沢さんが驚きの声を上げた。やっと見えたんだ、この人にも。

「先生！」

私は呼んでみる。

ぼんやりした目をしていた上川先生が、こっちに目を向けてくる。

（て……寺前か？）

声が聞こえた。沼の底から響いてくるような声。

上川先生の目に微かな光が灯っている。鈍い顔が、わずかに泣き顔のような表情になる。

（……逃げられないんだ）

ぽたり、ぽたりと音がする。天井からしたたる液体。

上川先生のとなりの吉泉先生も反応して、わずかに身じろぎしている。

（怖い、黒いものに……捕まった）

私は目を凝らした。二人だけではない、たくさんの繭のなかに一人ずつ、人がいる。

郵便配達の恰好をしている人。水道工事業者のような人……警官までいる。

すぐ分かった。このアパートを訪ねてきた人が、ここに囚われている。糸にくるまれて、閉じこめられて出られなくなるのだ。

誘拐？　監禁？　でも、そんなことしたら町が大騒ぎになるはず。

「先生たち、ここにいるわけない」

私は言った。

「だってちゃんと家に帰ってるのよ。上川先生の奥さん、部屋で看病してたわ」

「……身体だけだ」

水沢さんが唸るように言った。

「山を下りたのは抜け殻(ぬけがら)だよ。心はここに捕らえられて出られない……なんてことだ」

間荘の大家は興奮で震えていた。

「私にも見える。木田くんが投げた明かりのおかげで、幕が外れた……この部屋がこんなことに利用されていたとは！　私の落ち度だ。しかし、だれがこんなことを」

水沢さんはふいに怖い目をした。私はぞくりとする。でっかい影に化けたときの凄みが甦ってきた。

「水沢さん」

私は言った。ちょっと声を低くして。

「あの、山田繁……怪しくない？」

チクるような感じで気が引けたけど、ためらってる場合じゃない。

「シゲルが？」

水沢さんは目を瞠って私を見る。

「まさか。彼がこんなことを？」

そして頭を振る。

「いや。彼にこんな力はないはずだ。私に隠れて、こんな大それたことをするなんて……それに彼は、ああ見えて気の優しい男だよ。まだ子どもだ、虚勢（きょせい）を張っているだけなんだ」

「でも、だったらだれの仕業？」

私はちょっとイラついてしまう。和枝の部屋のすぐとなりがこんなことになっているのに、いままで気づかなかった大家さんに腹が立った。和枝がもしここに捕らえられたらどうするの？

「本人に訊いてみるのがいちばんだ」

水沢さんは明快に言った。２０２号室のドアを閉めると、となりの２０３号室に向かう。ノックした。

だが、なかにいるはずのシゲルはなかなか出て来ない。

「シゲル……出てきてくれ。ちょっと訊きたいだけだ」

この人は本当に誠実で真面目だ。彼を大家と慕って、間借りしに来る人たちがいるのもよく分かる。でも優しすぎる。そこにつけこまれた。彼が作った〝場〟のなかにさえ死角があって、そこに秘密の部屋を作られてしまった。寄生虫のような、コソコソずるいやつの仕業だ。

しびれを切らした桂次郎がガンガンガン、と乱暴にドアをたたいた。桂次郎も初めからシゲルを疑っていたようだ。

「でも、なんのためにあんなことを？」

私は水沢さんに訊いた。

「捕まった人たちは、苦しそう」

「身体から切り離された心は、いずれ分離してしまう」

水沢さんは言った。

「完全に死ぬ。放っておくわけにはいかない」

ノブを握って思い切り引いても、２０３号室のドアは動かなかった。

「シゲル！　知っていることを教えてくれ」

「オレはなんにも知らねエ！」

山田繁のふてくされたような声が聞こえた。ドアを開けるつもりはなさそうだ。

グワッ、グワッという声がすぐ近くから聞こえた。裏手の林にカラスたちが集まってきている。人の叫び声に興奮しているようだ。

「おい。シゲル。私の権限は知っているだろう」

水沢さんの口調が変わった。

「開けないと退去処分にせざるを得ない」

大家さんの威厳（いげん）だった。

部屋の向こうがしんとする。それからしぶしぶ、ドアが開いた。山田シゲルのひきつった顔が現れる。

目は怯えていた。その表情、唇の震えを水沢さんはじっと見ている。シゲルはなにか知っている。私にだって分かった。

「そうか――」

水沢さんは大きく息を吐いた。

「私が馬鹿だった」

そしてもう、シゲルには見向きもしない。２０３号室から離れ、階段に向かう。ちょっと迷ったけど、急いで下りていく水沢さんを追いかけながら私は考えた。水沢さんは分かったらしい。すべての原因を。あの蜘蛛の巣部屋の持ち主はだれかということを。

庭では和枝と石丸さんが心配そうに、階段を下りてくる私たちを見ていた。桂次郎は私の後ろをゆっくりついてくる。

サナオがまぶたを開けていた。やっと目を覚ましたのか。頭を振りながら辺りを見て、ぎこちなく立ち上がろうとする。

水沢さんは庭の人たちを気にも留めない。迷いがなかった。そして立ち止まったのは――101号室の窓の前。

石丸さんが悲痛な顔になった。

和枝の目には理解の色がある。水沢さんの顔を見て悟ったようだ。

水沢さんは、刈谷老人の部屋の窓を叩いた。バンバンと容赦(ようしゃ)なく、力いっぱい。玄関のほうに行かないのは、みんなが見ている前で話したいからだろう。

私は食い入るように見つめていた。初めは反応がなかったが、やがて窓が、ごくごくゆっくり開いた。

中から出てきたのは、白髪とシワだらけの顔。人のよさそうなおじいさん。

「どうかしたのかね、大家さん」

その顔は素朴そのものだ。怪しさは感じない。

私は、なにかの間違い。水沢さんの勘違いだろうと思った。

「202号室のことを知っていますか」

「202?」

いぶかしげに首を傾げる。

「わしが、二階に上がる用事などないことは知っているだろう」

「だが、あなたにはあそこが見えている」

水沢さんの声は鞭のように鋭い。

シゲルが自分の部屋を出て、泣きべそのような顔で階段を下りてきた。おっかなびっくりに、窓越しの老人と大家さんのやりとりを見ている。

「以前、言っていたではないですか。あの部屋は雨漏りがする。住むには不向きだから人は入れないほうがよいと」

「言ったかも知れん」

老人は頷いた。

「だからどうだというのだ？」

「私はあなたを信用してあそこを空き部屋にしたのです。なのにあそこではとんでもないことが行われている」

水沢さんの声には惚れ惚れするほどの威厳があった。決して退くつもりがない。

「あなたは、幕を張った。そして私の目から隠した」

そう確信している。

「シゲルに手伝わせたんですね？　そして、私に気づかれないように、ここを訪れた者を次々に２０２に押し込めて……」

グワア。グワア。グワアアア。

カラスたちの鳴き声がうるさい。バサバサという羽音も激しい。数十羽ではすまない、何百羽もいる。ぜんぶがこっちを見ている。会話を聞いている。

「慣れない大家など気取るからだ」

老人が言った。カラスのようにクワッと口を開けて。

第五章　八つ目

あの瞬間から、私の記憶の色が違う。

灰色から黒へ。真っ黒な墨が混じったように、すべての色合いが黒に引きずられている。

「ろくにものも見えぬお人好しが、人を集めて面倒を見るだと。笑わせる！」

背筋を氷で撫でられたような気がした。

刈谷老人の目は、今まで見たことがないほど大きく見開かれている。少し濁った目玉がこっちに飛び出してきそうだ。枯れた素朴な笑みは跡形もなくなった。

「このエセ大家が。青二才が。わしのほうがよほど人集めがうまいぞ！」

「か、刈谷さん。あなたは――」

水沢さんは思わず、一歩後ろに下がった。

老人の丸い背中が急に伸びたのだ！　背が高くなった。いや――するすると長く伸びた。顔まで長く延びた。色が変わってゆく、みるみる黒ずんでいく。湧き出した闇が身体を覆ってゆく――長いマントのように老人をくるんだ。

窓枠からはみ出すようにして地面に落ちる。老人は四つん這いになった。

その下半身がみるみる膨らんだ。大きな黒い風船のように。

そこから次々に足が突き出す。もともとあった手足のほかに、一つ、二つ、三つ、四つ。ぜんぶで八本になる。恐ろしく長い足だ、節張っていて、太い毛が一面に生えている。足たちは天に突き上げたかと思うと、カクリと曲がって着地する。地面を踏みしめる。ぐっ、と身体が持ち上がる。

八本の足のうち、二本だけが上に挙がった。足というより腕に見える。

膨らんだ丸い腹が、湿っている。ぬめぬめと光っている。おまけに――模様がある。真っ黒な胴体に白い線が走っている。それは、ドクロの形に見えた。人の頭蓋骨。

こめかみのあたりがキンと冷えた。私は、命の危険を感じた。

ドクロの腹の下にはチラチラ白いものが見える、あああそこが尻だ糸を吐くんだ、灰色のあれがビューッとこっちに向かってくるからみつかれる巻き上げられる――私は視線を上げた。

上に振り上げた二本の足、というか腕のようなものの間に、顔がある。

長く引き延ばされて変形しても刈谷さんの面影(おもかげ)を留めていた。だが、いまや明らかに、人間ではなかった。目が増えている。縦に四つ。それが二列になって、計八つの、黒くてまんまるの目がこっちを睨んでいる。

こんなもの見るんじゃなかったと心が繰り返している。いつまでも夢に見てしまうから。つきまとって離れない、生き続けることそのものが怖くなるような呪(のろ)われたものがあるんだ、どんな悪夢でも見たことのない化け物、死を司る地獄の生き物……死神。腹いっぱいに描かれたドクロのような顔が、こっちを見ている。笑っている。目を覚ましたばかりのサナオがうううんと言ってまた気を失うのが見えた。うらやましい。

この長い足で踏みつけられて、胴体の下敷きにされて潰される。

それか、あの腹の下、尻から出る灰色の糸に襲われる。巻かれて絞(し)め殺される。

あるいは、あの八つ目の顔が近づいてきて、噛みつかれて血を吸われる。

ありとあらゆる最悪の想像が頭のなかを駆けめぐって止まらない。

グワッ、グワアッグワアッ、カラスたちが狂喜したように続々集まってくるのは、だれもかれもみんな死んでしまうと知っているからじゃないか？　ガシャッ、ガシャッという金属音がそこに混じる——鎧武者たちだ！　集まってきた。蜘蛛の親玉が現れたことを喜んでるんだ。首塚から、あちこちの草むらから、土をかき分けて復活してきて、先祖代々崇めてきた蜘蛛神様を求めて間荘を取り囲む。首のない武者は新しい首を捜している、首だけの武者は転がってきて胴体を求めて……

「あやか！」

呼ぶ声が耳に届く。でも私は反応できない。しびれたように動けない。

何十人もの鎧武者たちが山道を上ってくる。いまやカラスたちが多すぎて林の木の枝が不自然にたわんでいる、いや——枝の上にいるのは鳥だけじゃない。変に丸いものが、実がなったみたいにぶら下がって——私は虚ろに確かめた。首だ。生首が枝に生っている。しかも目を開けてる。こっちを睨んでる！

ここはいつから地獄の入り口になったの？　私たちの故郷はなんて町だったんだろう、この山だけじゃなかった町ごと人が住んじゃいけなかったんだ、この土地はまるごとお墓だ。古い戦場には怨みや呪いがこびりついてしまって私たちは中に引きずり込まれるだけ、死者の世界に捕らえられて出られない。

「あやか！　あれを！」

叫び声の意味が分からない。私の目はいつのまにか水沢さんに釘付けになっている。こんなに恐ろしいものの前で水沢さんは踏んばっていた。退くまいとしていた。抵抗している、両手を上げて押しとどめようとしている。なにかの力を使おうとしている。

でも圧されている。じりじりと後ずさりする。強烈な風圧のようなものを感じた。このアパートの陰の支配者はこれだった、蜘蛛と人間が混ざった生き物、みんなをだましてどこかに連れて行くのが仕事。だれも戻ってこられない、陽の光を見ることもない——私は目を閉じる。身体があきらめたのだ。もう力が入らない、倒れちゃう、気を失う——

ガクガクと身体が揺れた。

私は揺さぶられていた。肩をつかまれて。

すぐ目の前で桂次郎が私を睨んでいる。

「あれを出せ！」

そうか。桂次郎はもう持ってないんだ。ぜんぶ使ってしまった。だから今度は——

私はポケットに手を入れた。

「投げろ！」

言われるがままに、私は手がつかんだものを、ただ投げた。

手裏剣が飛んでゆく。空中に弧を描いて。

化け物が、信じられない速さで尻を突き出してきた。そこからすかさず飛び出してくるのは灰色の鋭い線。それは正確に、空中の手裏剣を捉えた。たちまち巻き取られてしまう。

ああ、だめだ失敗だ――と思った瞬間。

光が閃いた。小さな折り紙が強烈な光を発して地面を、アパートの壁を打ち、そして天に舞い上がった。稲妻のようにすべてを照らし出した！

カラスたちが驚いて飛び立つ。衝撃で目がつぶれて落ちていくカラスもいた。生首も枝からぼとぼとと落ちてくる。動揺した鎧武者たちはガシャガシャと互いにぶつかって転んでいた。それぐらい、彼らには眩しすぎる光が放たれたのだ。

光の手裏剣を捉えた糸はちりぢりになって、蒸発するみたいに消えた。

その、素晴らしい眩しい光も、やがて消えた。寿命を迎えた花火のように。

でも充分だった。なにもかも見えた……刈谷老人の正体が光にさらされた。

それは真っ黒な闇だった。

水沢さんが術を使って私たちを脅かしたのと同じ、怪しい術。めくらましのこけおどしだ、と思っていたのに。刈谷さんはただの老人、ちょっと変な力が使えるだけ。そう期待したのに――

闇の正体が刈谷老人なのではない。

刈谷老人の正体が、闇なのだ。

私たちはいまようやく真の姿を目にした。刈谷老人のほうが仮面だった！

見なければよかった、と私は思った。水沢さんでさえ衝撃のあまり動けなくなっている。

どこまでも続く、深淵。果ても知れない深い黒が見える。この化け物の後ろに。

あの先にあるのは……地獄？

私は自然に、そう感じた。

だれひとり為す術がなかった。私たちはいまからまとめて刈り取られて闇の奥に連れて行かれるのだ、あの八つ目がぐわっと迫って変型した口がガブリと噛みついて毒を注入して、それから糸でぐるぐる巻きにされて引きずり込まれる。はざまに踏み込んだ報いだ、石丸さんとシゲルが頭を抱えて震えている。もはや二人はいままでのようには見えない。姿がブレている。自分の形を保てなくなっているのか？　それぐらい我を失ってる。生きているフリができなくなっている。

自分より強い者に媚びるクセのままに、大家さんの目を盗んで刈谷老人の手助けをしてしまったシゲル。

ひたすら洗濯に没頭し続けて、都合の悪いことは見まいとした石丸さん。

それはたぶん、生きていた頃となにも変わらない。同じ性格のまま、同じ過ちを犯してしまった。進歩のない、さまよえる弱き魂たち——

私も同じだ、と思った。

嫌なことから逃げるのが得意。見たくないものは見えないフリをする。波風の立たない日々を送るためだったら、私たちはたいていのことに目をつぶる。学校でまた室浜美奈子がいじめられていても、あたしはもういじめないんだから関係ない、あたしのせいじゃない。そうやって目を背ける。ひどいなあと思っても声を上げずに、戦わずに、ただやりすごして、自分だけの小さな平和を守ろうとする。

なにより、私自身がかつていじめっ子だった。いろんな子を傷つけた。そのことをなかったことにしようとしている。やり過ごして、みんなの記憶からも消えて、風化するのを待っている。過去は訂正できないのに。やったことは、残ったままだ。私はなんにも解決してない。だれかに謝ったことも、穴埋めをしたこともない。

私は桂次郎を捜した。

すぐそばにいる。いまはさすがに、化け物に目を奪われている。本能的に腰を落として身構えて、もし糸が飛んできたらかわせるようにしている。私は場違いにも、この子がここにいることがすごく嬉しくなった。純粋な感謝の念だ。昔のお詫びなんてマヌケなことはしない。許してもらおうなんてムシのいいことは思わない。なにか言うならお礼だと思った。

いまここにいてくれてありがとう。思い出させてくれてありがとう。

この子がいる限り、私のことを憎んでくれる限り、私はほんとうの自分を忘れずにいられる。

和枝を助けるためにっていい子ぶって登ってきたけど、私は見当違いな罪滅ぼしをしたかっただけかも知れない。和枝を助けられたらマシな人間になれる。そう思ってたんだ。

そして私はなにもできない。だれも助けられない。

それが私に火をつけた。

「ばーか」

起爆装置のスイッチが入った瞬間が分かった。

私はつかつかと歩みよったのだ。化け蜘蛛の真ん前に。そして八つの目を睨んだ。

「やるならやりなさいよ！」

本気だった。私は、刈られたかったのだ。

ない。

「あやか！」

和枝の叫び声。ありがとう、ごめん、あたし、役に立ちたかったけどなんにもでき
「みんな逃げて！」

できるとしたら、盾になることぐらい。

あたしなんかが盾になれるか？　だけどけっこう身体でかいし。ここにいる男の子たちよりはでかい。それにいま頭に血が上ってるから闇雲に逆らうのはたしかよ、案外頑張れるかも。一秒でも長く踏んばるから早く逃げていますぐに……そして私は即座に失敗した。

なぜなら、私の前にだれかが立ちはだかったから。最前線を奪われたから。

ああ——なにかできるなんてやっぱり思い上がりだった。

「……桂次郎」

また負けた、と思った。小さな肩が震えてるのが見える。だけど、私はその肩を越えて前に出られない。この子が許さないから。

すると、目の前の巨大な影が動いた。

冷たい風が吹きつけてくる。この影から吹いてくる風はよどみの臭いがする。む

わっと鼻を襲う腐った水……あの臭いは湿ったこいつの身体だった……沁み出してくる体液の臭いだ。そして、そのなかに混じる、鼻を刺す鋭い臭い。

私は上を見た。八つ目顔の歪んだ口が開いている。奥に尖った牙（きば）が見える、そこからしたたり落ちるよだれ。いや、毒だ！　嗅いだだけで少し身体が痺（しび）れてしまうような強烈な臭い。あんなものが身体に入ったら……そして化け蜘蛛の尻は銃口（じゅうこう）のように私たちを狙っている。だれから捕まえて巻き取ってやろうか考えている。

グワッハハハといまやカラスたちは大口を開けて笑っている、すっかり得意の絶頂でバサササバサササと林の上を跳ね回る。びゅっ、と私たちをかすめて飛ぶ意地の悪いのもいる。山道のほうでは鎧武者のガシャガシャという動きが忙しない、どんどん近づいてくる。殺到する、待ちきれないんだ、いまにもどっと私たちに取りついて首や身体を自分のものにしたい殺殺殺死死死闇闇闇………

ふっ、と風向きが変わる。

むせるような腐った臭いが薄くなった。それはあまりに鮮やかな変化で、いきなり視野が広がったような感じだった。

鎧武者たちのガシャ、ガシャという音が止む。カラスたちの声も小さくなった。もう笑っていない。クワッ？　クワッ？　と戸惑ったような調子だ。

なんだろう。私は山道のほうを見た。吹き上げてくる、この気持ちのいい風はなに？　思わず顔がほころぶような、春を思わせる優しい温度と風圧。

淡い光。

「おお……あれは⁉」

水沢さんが雄叫（おたけ）びを上げた。山道を埋め尽くしていた鎧武者たちが、あわてて道を空ける。

カラスたちも逃げ出した。林の枝から我先に飛び立ってゆく。

「な……なんということだ！」

水沢さんは目を細めている。まるで太陽が昇ってでも来たかのように。

第六章　雷光

私は眩しくなかった。

目に映ったのは――小さな女の子だったから。

山道を、うんせうんせと一生懸命に登ってくる。

その両目は二つの黒いレンズで隠されている。

「……澪ちゃん？」

夢だと思った。私の願望が作り出した幻影だ。だけど、

「ほおお」

という目の前の桂次郎の、感嘆とも嬉しさともつかない声や、眩しそうに目を覆っている石丸さんやシゲルを見れば、みんな私と同じものを見ているのだと確信できた。

同じ、信じられないものを。

「すごい……」

和枝の声が聞こえた。いまやサナオの守護天使のような和枝の顔には、笑みがある。

「だれが登ってきたの？」

私は声が出ない。

カラスたちは現金だった、四方八方に逃げ散っていまやほとんど姿が見えない。対して鎧武者たちは、ほとんど整列して道を作っていた。なんて変化だろう。

その真ん中を、小さな足を振り上げて、一歩一歩登ってくる。小学二年生の女の子が。

巨大蜘蛛はあっけにとられていた。吹き上げてくる風圧で、足にびっしり生えた毛が揺れている。私たちに狙いを定めていた尻は固まって止まってる。

「……澪ちゃん、なんで⁉」

私はようやく叫（さけ）んだ。東京に発ったのではなかったのか？　国際線の飛行機に乗るために。

澪は私たちのほうを見上げて言った。

「やっぱりほっとけなくて」

にっこり笑う。大きな声じゃなくても、よく聞こえた。

そして澪は庭に入ってきた。小さな女の子の姿が、私たちに近づいてくる。

「あ……あなたは……」

水沢さんの、言葉にならない呟き。

いきなり**ギュルルルル**と黒い胴体が鳴る。

固まっていた化け蜘蛛が尻を振った。ぴたり、と澪に狙いを定めたのだ。

八つ目の顔がかっと口を開ける。

「**どこのガキだ！**」

百羽のカラスが一度に啼(な)いたような声だった。

私はあわてて耳を塞(ふさ)ぐ。桂次郎や石丸さんも同じ。水沢さんでさえ、苦痛に顔を歪めている。化け蜘蛛に対して身構えながら、どうすることもできない。近づくことさえ無理。

「**お前がどこの者だ**」

澪が言い返した。百羽のツルが一度に啼くような声だった。

「**どんな企みを抱いている？**」

凜とした光の孤が空気を切り裂くのが見えるようだった。たちまち八本の足がわたわたと地面を踏み、尻の狙いが定まらなくなる。八つの目がてんでバラバラに動いている。

「この人も、かつてはふつうの人間だった」

澪が言った。うって変わって静かな声で。私や和枝や、水沢さんたちに言い聞かせるように。

そうなんだ、と私は意外に思った。化け蜘蛛を見上げる。なぜかもう、それほど恐ろしいものには見えなかった。ただの大きな蜘蛛だ。死神なんかじゃない。顔は刈谷老人。変色して形も歪んではいるものの、目も気持ち悪いほど増えて牙も生えてはいるものの、かつて人間だった刈谷さんの顔。

魔に乗っ取られた——ということだろうか。人間とは似ても似つかないなにかと合体して、混じり合って境目が分からなくなった。この場を利用してコソコソと人の魂を集めていたけど、この人自身も、なにかに利用されているんだ。それが分かった。

無害な老人の姿で安心させて近づいて、そして手に入れる。魂を、自分がいる闇に連れて行く。まさに巣に獲物を引きこむ蜘蛛。

「キサマ……」

気を取り直したように、蜘蛛はまた口をカッと開けた。鋭い牙がのぞいて毒のよだれがまき散らされる。

「食いちぎってやろうか！」

庭がふっと翳った。蜘蛛男の勢いが闇を連れてきたようだった、地面を踏む足がバタバタバタバタと動いて巨大な胴体を震わせて風を起こす。腐った臭い、視界を狭くする黒い風が、澪が連れてきた太陽の匂いのする風を押し返す。

ガアガアガアガア、加勢するようにカラスたちの声が遠巻きに響く。気を取り直した鎧武者たちもガシャガシャと足を踏みならしている。性懲りもなく、おこぼれに与ろうとしている。

水沢さんが私と桂次郎を抱き寄せた。かばうように包み込んでくれる。あたたかかった。

水沢さんは、しっかり水沢さんの姿をしている。この人は……強い。恐れを超えて、自分ができるせいいっぱいのことをしようとしてる。

和枝のことは石丸さんがかばっている。石丸さんも自分の姿を保つので必死だ……

和枝が抱擁に応える。サナオごとくるまれようとする。

その姿が霞んだ。お互いが見えなくなってきた……闇が急速に濃くなっている。まるで濁った沼に沈んでいくように姿が消えてゆく。底なし沼だ、このまま地獄まで沈み込む。みんなそばにいるのに分からなくなる、聞こえないバラバラになる……

「こけおどしもいい加減にしなさい」

澪が言った。

その声は折り鶴と同じだった。閃光が弾け、闇が一瞬で吹き払われた。

残ったのは蜘蛛男だけ。

じりり、と後ずさりする。その腹に描かれた恐ろしい髑髏の模様は、光にさらされて歪んでいる。泣きべそに見える。

「みんな怯えないで」

澪の声はどこまでも落ちついていた。

「こいつは恐怖を食らう。大好物なの」

だれよりも小さいのに、だれよりも威厳があった。

「いちばんいいのは、相手にしないこと」

思わず澪を見てしまう。なにを言ってるんだろう、と思った。信じられない。こんなに恐ろしいものを、無視しろと言うのか？

でも澪は実践（じっせん）している。軽やかな足取りで庭を進む。まるで化け蜘蛛も死神もいないかのように。

いや――やっぱり無理だ。私は蜘蛛男を見て思った。歪んだ醜（みにく）い顔がいきり立っている。八つの目が異様な光を発してブルブル震えて、見てると吐き気がする。その膨らんだ尻はいまにも糸を吐き出しそうだ、こんなものを無視するなんて、平気で近づいていくなんてだめだよ、澪は小さすぎるひ弱すぎる――

「なめられたものだな」

地鳴りのような声がした。続いてビュルッという音が、私の目の前にいた男の子を捕らえた。一瞬のことだった。

桂次郎の身体があっという間に飛んでいく――蜘蛛の腹の前に着地する。腹に灰色が巻きついた桂次郎がこっちを見ている。私を、真っ直ぐに。

その目は恐怖でいっぱいに見開かれている。

私は駆け出した。桂次郎！　と叫んだつもりが声が出ない。しかも足がもつれて転んでしまった。ダメこんなこと、あたしじゃなくて桂次郎が――ああでも身体がいうことをきかない。あたしは役立たずだ助けに行けない――

「怖がらないで！」

澪の声は子どものものではなかった。

「怖がらなければ、この蜘蛛はなにもできない」

澪は繰り返した。

「ほざけ！」

というどす黒い叫びとともに、今度は長い足が持ち上がった。

気がつくと私の身体が宙に舞い上がっていた。太い毛でびっしり覆われた化け蜘蛛の足が私の首に巻きついている。絞首台（こうしゅだい）のように私を吊り上げている。

「これでもわしを無視するか！」

そばで怒号が聞こえた、私のすぐ横に刈谷老人の顔があるのだ。あの八つ目が、ほんの目と鼻の先に――気が遠くなってゆく。気道が塞がっている、空気がまったく吸えない代わりに、血が集まって顔がパンパンになってゆく。助けて、とさえ言えない。

私は死ぬ。それはあまりにも確実だった。

「あやか！」

すぐ下から声が聞こえる。がんじがらめにされながら絶望の叫びを上げている。桂次郎は必死にもがいている、糸から逃れようとしている。見なくても分かった。

「彩香ちゃん。桂次郎くん」

場違いな、優しい声が聞こえた。

「こっちを見て」

子どもの声なのに、だれよりも歳を重ねたようなその声。

「苦しいでしょう。でも絶対だいじょうぶ。信じて」

私は目を開けた。無理だと思ったのに、開いたのだ。

澪の言うことは本当だった。

信じられないけど、この苦しさは幻だった。ゆうべ見た夢と同じだ。

202号室が脳裏に浮かんだ。みんな糸に縛られ、繭に包まれて、それでもなぜ彼らは生きていた？　この蜘蛛はどうして、さっさと殺して死体にしなかった？

それを考えれば、自(おの)ずと答えは出た。

そうだ。この蜘蛛に殺す力はない。獲物たちがあきらめるのを待っているのだ。

疲れ果てて、自分で自分に死を宣告する瞬間を待っている。

そのとき初めて、こいつは人の魂を自由にできる。心も身体も殺すことになる。

そうでないと、意味がないのだ。自分の領地に引きずり込めない。

てことは――私は顔をほころばせる。

私たちは無敵だ。

あきらめさえしなければ。

それは、太陽のように眩しい認識だった。

恐れる必要はないんだ、ほんとうに！

「桂次郎、楽しいね！」

声が出た。元気いっぱい、というわけにはいかなかったけど、ちゃんとした声だ。

私は嬉しくてますます元気になる。

「あたしたち、だいじょうぶだね」

そして私は笑っている。首を絞められながら笑っている自分が信じられない、しかも苦し紛れじゃない、楽しくて嬉しくて笑わずにいられないんだ！

「ちょっと苦しいけど、我慢できるよね。だってこいつ、脅かして怖がらせてるだけだもん。あたしたちが泣いてあきらめるのを待ってるのよ！」

おう、という短い声が聞こえて、私は嬉しさの絶頂だった。桂次郎も笑ってる！おまえなんかに言われなくたって分かってる、って顔だった。糸にぐるぐる巻きにされてるのに、いまにも立ち上がってぴょんぴょん跳びはねそうだ。

「がんばって！」

和枝の声も聞こえた。その目は初めから強い。私たちと一緒に闘(たたか)っている。なんて心強いんだ!!

「わたしが来る必要もなかったみたい」

そして澪の笑顔には、一点の曇りもない。

「みんな強い。負けるはずない」

「そうだ」

水沢さんが興奮して叫んだ。

「私も黙ってはいない。もうあきらめろ刈谷さん！」

水沢さんの両手がぶわっと広がった。腕が瞬時に、ポパイみたいに太くたくましくなって、掌はでっかいフライパンより大きくなったのだ。おまけに背までぐっと伸びる。

この人も完全に恐れを振り払った。そして、自分が使える力を振るおうとしている。

その極限まで。

「これ以上この子たちを苦しめるなら、私があなたを叩きつぶす！」

雄叫びが音の塊となって吹っ飛んでいった。蜘蛛の身体を直撃してぐらつかせた。八本の足がわたわたと動く。

気がつくと私は放り投げられていた。顔から地面に突っ伏す。小さく火花が散って、一瞬意識が遠のいた。でもすぐ目が覚めた――ハッと手を自分の顔にやる。頬がヒリついたけど、血は出ていないようだ。私は地面に両手をついて身体を起こす。どこもたいして痛くない。だいじょうぶだ。

「連れて行くなら私を連れて行け！」

惚れ惚れするような水沢さんの声が山中に響き渡る。見ると、彼はいまや神話の英雄みたいにたくましい姿になっていた。和枝が顔を上げてその背中に見とれている。

大人になってから『ハルク』の映画のＤＶＤを観たとき、このときの水沢さんの姿を思い出した。ただ、水沢さんはハルクみたいに野蛮じゃなかった。凶暴な顔にもならなかったし、服をビリビリ破いて裸になったりしなかった。水色のカーディガンが身体に合わせて膨らんでたから、妙に優しく見えた。ああいうところが水沢さんらしいんだよなあ、と、思い出すたびに私は微笑んでしまうのだった。

ただ、水沢さんの優美な巨体が、化け蜘蛛に詰め寄っていく光景は迫力満点だった。

行け！　やっちゃえ水沢さん！　声にこそ出さなかったけど、私はそんな気持ちだった。

じりり、じりりりと蜘蛛は後退（あとずさ）った。八つ目の顔は殴られたように冴えなかった。すべての目が別々に震えていて、動揺を露わにしている。その後退の巻き添えを食って、糸ごと引きずられていた桂次郎が、スルリと抜け出して蜘蛛から離れた！　巻きついた糸を引きちぎったのだ。そして駆け出す。真っ先に、私のところまで。嬉しかった。

無言で私の肩に手を回して支えてくれる。二人して、蜘蛛と水沢さんを見上げた。

水沢さんのすぐ後ろまで来た澪が、サングラスを外しているのに気がついた。

その瞳に私は目を奪われた。

桂次郎も、澪の瞳に宿る不思議な煌（きら）めきに見入っている。

「すごい」

和枝の素直な声。石丸さんもシゲルも固唾を呑んで見守っている。

「あきらめて。あなたの仕事は終わり」

澪は言った。

穏やかな声だった。駄々っ子を叱（しか）るみたいな優しささえ、感じた。

その通りだ。水沢さんに追いつめられて、後退し続けた蜘蛛の背後にはアパートがある。もうそれ以上は下がれない。

水沢さんが蜘蛛の真ん前に立った。右手をぐっと振り上げる。それは、ビルを破壊する鉄球よりも重そうに見えた。

八つ目の歪んだ顔が凍（こお）りつく。

長くていやらしい足と膨らんだ腹を持った忌（い）まわしい生き物は、いまや明らかに小さくなっている。歪んだ顔がふつうの老人の顔に戻っていく。増えた目が、減ってゆく。もとの二つだけになった。しわだらけの卑屈な顔になった刈谷さんはゆっくり、地べたに伏せた。はち切れそうだった胴体もすっかりしぼんでいる。

足の数だけがそのままだった。八本足が縮こまる。冬眠に備えるみたいに、小さく丸まる。

みんな目を奪われた。どうなるんだ、こいつは？

水沢さんも戸惑っていた。強烈なパンチを見舞おうと振り上げた手が空中で止まっている。みすぼらしくなってしまった化け物を、叩きつぶすのをためらっていた。

それが狙いだったのだろう。小さくなった蜘蛛男は、隙を見てひょい――と尻を上げた。

音もなく、灰色の線が伸びる。林のほうに。

あわてて水沢さんが動く。巨大な拳を振り下ろす！

だが拳は虚しく空を切った。蜘蛛人間が宙に浮き上がったのだ。

あっという間だった。小さな蜘蛛は糸にひかれて、林の奥に吸い込まれていった。

遠ざかってゆくその間も、虚ろな老人の目だけが、いつまでもこちらを見ていた。

やがて闇に消える。見えなくなった。

「もうだいじょうぶ」

かわいらしく首を傾げて、黒瀬澪が微笑んだ。

第七章　晴れ間

澪の声で、いきなり身体の緊張が解けた。力が抜けてしまい、私はその場に大の字になる。

カラスはまだやかましく飛び交っていた。アパートを取り囲んでいる鎧武者もゆらゆら蠢いている。

でも私は、身体の芯からホッとしていた。澪がカラスや鎧武者をまったく気にしていないからだ。軽い足取りで庭を進むと、女の子はアパートの階段を上り始めた。

私は起きあがって追いかけた。澪がなにをしようとしているのか、なんとなく分かったのだ。見届けたい。桂次郎も来た。

二階まで来ると、澪は２０２号室のドアをあっさり開けた。灰色の繭が並んでいる。中にいる人たちは相変わらず、じっとしていたり、小刻みに震えたりしている。

「あなたたちは自由です。家に帰ってください」

澪は言った。

とたんに部屋の中が明るくなった。言葉がそのまま明かりになったように。

上川先生と吉泉先生の顔がパッと輝いた。ちょっと表現はよくないかも知れないけど、ずっとお座りを命じられていたイヌみたいだった。弾かれたように、繭をあっさり引き裂いて飛び出してくる。我先に部屋から出てくると、私たちには目もくれない。だだだと廊下を駆けて階段を下りてゆく。郵便局員も水道屋さんも警官もホッとした顔で出てくると、先生たちのあとに続いた。階段を下りて山道を駆け下っていく。町を目指して。自分の家を目指して。

山道の鎧武者たちは彼らを止めなかった。いや、止められなかった。彼らの姿はすでに消えかかっていたのだ。煙のようにあやふやな形しかない。

２０２号室はあっという間にもぬけの殻になった。

じとじとした湿気でいっぱいの空き部屋に、繭の残骸が並んでいるだけだ。

いや――それも消えてゆく。繭はたちまち変色して、茶色く褪せていって、儚く解けて細切れの糸のかけらになった。それも薄れてゆく。

牢獄は解放された。囚われていた人々は、家路についた。

きっとみんないまごろ、家のベッドで目を覚ましている。私には分かった。今朝の私のように、長い、悪い夢から覚めるのだ。

熱や、身体の異常は消えているだろう。心は正しい居場所に戻ったのだから。

でもみんな、ここのことをどれくらい憶えているのだろう。私たちのことは？

きっとぼんやりとしか憶えていないだろう。そんな気がした。

そして実際、そうだった。上川先生も吉泉先生も学校に復帰するとすぐ、いつもの先生に戻ったのだ。だれに助けられたかなんて憶えてない。断片的になにか憶えているとしても、高熱のせいで変な夢を見たな、ぐらいに思っているんだろう。

でも上川先生はしばらくは、私たちをちょっと変な目で見ていた気もする。夢に出てきた、自分を助けてくれたな……そんなふうに思ったのかも。でもまさか、生徒に助けてもらったなんて。ありがとう、と言うわけにもいかない。変な顔されるだけだ。

やっぱりあれはただの夢だ。たぶん自分にそう言い聞かせていた。

私と桂次郎は、澪といっしょに庭に戻った。

和枝が笑顔で迎えてくれる。すぐ横には、まばたきを繰り返すサナオ。今度こそ目を覚ましたようだ。まったく天才的な弱虫だった。もう安全だと思うと喜んで目を覚ます。

石丸さんもシゲルも放心したように椅子に座り込んでぐったりしている。

そして水沢さん。強そうな変身を解いて、すっかり人のいいおじさんの姿に戻っていた。子どものように純真な目で澪を待っていた。

「ありがとうございます」

深々と頭を下げる。

「おつかれさまでした」

澪も丁寧に応じた。

「わたしは要らなかったですね。ほんとうに」

水沢さんは大声を上げる。

「とんでもない！　私には、刈谷さんの正体がまるで見えていなかった……危うくみんなを連れて行かれるところだった」

「この町の闇に潜むなら、蜘蛛の姿をとるって見当がついてました。ひねりがなくて、おかしかったぐらい」

澪の笑顔はイタズラっ子のようだった。瞳が眩しく煌めいている。

その瞳を真っ直ぐに、水沢さんに向けた。

「立派な大家さんですね。それに、立派なガイドさん」

水沢さんはすごい勢いで手を振る。

「やめてください、私など、至らぬことばかりで……」

「迷える人たちのためにこんな〝場〟を用意できるなんて、なかなかできることじゃありません。でも」

澪が言葉を切り、水沢さんは頷いた。

「私は大それたことをしていた」

打ちのめされていた。水沢さんはよかれと思ってしたのに、あんな怖いものに、いつの間にか利用されていたのだから。私は胸が痛い。

「ここはもう閉めないと。あなたも分かってるでしょう」

水沢さんは頷く。それから恐る恐る、澪を見つめた。

「しかし……これからどこへ行けば？」

石丸さんもシゲルも顔を上げた。不安な子どもの表情だった。

「私たちを導いてくれませんか」

水沢さんは期待を込めて言った。小さな少女を見つめながら。

澪は一度口を結び、それから微笑んだ。

「わたしなんかに頼らなくてもだいじょうぶ」

私は目を細めてしまう。なんて可愛い笑(え)み。まるでふつうの小学二年生だ。

「あなたは立派なガイドさんだから。あなたなら見つけられる。正しい道を」

水沢さんの顔が変わってゆく。みるみる力強い、勇気あふれる顔になる。

澪の言葉が、力となって水沢さんのなかに流れ込んでいる。私はひたすらに澪の顔を見つめていた。私だけじゃない。和枝も桂次郎もサナオもみんなそうだった。

あなた何者？　もしいまの、二十歳を過ぎた自分だったら確実にそう訊いている。

だけどあの日、十一歳の私は訊かなかった。この不思議な子どもがだれだか分かっている気がした。わざわざ訊こうと思わなかった。黒瀬澪という女の子がここにいる。

それですっかり満足していた、としか言いようがない。

目の前にいると説明は要らないのに、去ってしまうとなにもかも分からなくなる。

奇蹟（きせき）とはそういうものなのかも知れない。十年経った今の私は、しみじみとそう思う。

水沢さんは、石丸さんとシゲルのほうに向き直った。

「私は進歩のない、修行の足りない案内人ですが」

その顔には揺るぎない決意がある。

「探し続けます。いつたどり着けるか、はっきりとは言えない。それでもいいのなら、これからもいっしょに行きませんか」

石丸さんもシゲルも迷いなく頷いた。椅子から立ち上がる。

「これからもよろしく」

「いままで……ゴメン。ウソついたり、アイツのこと黙ってたり……」

シゲルが言い出した。

「すっげえ怖かったんだ、アイツが……逆らえなかったんだよ……」

まるで五歳児のような泣き顔だ。

「もういい」

水沢さんがシゲルの肩をたたいた。

「大事なのは、これからだ」

シゲルは、うるんだ目をしばたたかせながら言った。

「……サンキュ」

「バカね」

石丸さんが笑う。その顔はシゲルよりも泣いている。

「遅れるなよ？」

水沢さんがわざと厳しく言うと、

「うん。頑張ってついていくから」

シゲルはひどく素直になっていた。石丸さんも、何度も頷く。

二人とも、なんて純真な顔なんだろう。まるで水沢さんの娘と息子。

すると水沢さんは笑顔で、澪のほうを向いた。

「ほんとうに、なんとお礼を言えばいいのか」

頭を下げた。

美しい人だ、と思った。

この人なら必ずたどり着ける。自ら志願して大家さんになった人。住人に対する責任を全うしようとしている。生きているあいだも、死んだあとも、水沢さんは立派な案内人だ。

私はずいぶんあとになってから、生前の水沢さんのことを調べた。大学生になってから北海道まで行って、彼のことを知っていた人たちを訪ねたのだ。

亡くなったのは、私が会ったあの年より六年前のことだった。

彼はやっぱり、生きていたときも面倒見がよくて、周りに頼りにされる存在だった。

亡くなったときはたくさんの人が悲しんだ。

懐かしそうに話す水沢さんの友人知人に、私は本当は、自分が見たことを伝えたかった。死んでからも似たような仕事をしているんですよと言いたかった。でも、その必要はなかった。

「あいつがいてくれてよかった」

同級生の男の人はそう言ったのだ。

「あいつのことを思い出すと、あいつの分まで頑張ろうって思えるから。もっと頑張ろう、まだ足りないって思えるから。あいつじゃなくて俺が死ねばよかった。いつまでもそう思いたくないから」

友達に、そんなふうに思わせられる人がどれくらいいるだろう。

私は考えるようになった。人間の力とはなんなのだろうと。

死んでいようと生きていようと、ある種類の人間はだれかを励ましたり、元気にしたりする。いてくれてよかった、と人に思わせる。

まるで灯明のように、照らし続ける。いつまでもあたためる。私たちを。

そういう人は、自分の仕事をし続けているのだろう。

そしてあの日、自分の仕事を立派にこなしたもうひとりの人。

「お礼はこの人たちに」

澪は水沢さんに言ったのだ。私たちのほうを見ながら。

「彩香ちゃんと正尚くん。二人が勇気を出してここに来てくれたから。桂次郎くん

──みんなを助ける役割を買って出てくれた。そしてだれより、和枝ちゃんに。この子がいたから、あなたはさまよい人を集められた。生と死の世界をつないで、ここに住む場所を作って、旅立ちの準備をすることができたの」

するとと和枝が言った。

「あたしはなんにもしてません。ただ、嬉しかっただけです。大家さんたちがいてくれたおかげで淋しくなかった。あたしのほうが助けられてたんです」

「和枝ちゃん。ほんとうにありがとう」

水沢さんは涙声だ。

「きみがいてくれなかったら、私たちはどうなっていたか……」

和枝がいなければ始まらなかったのだ。胸の底から納得している自分がいた。他のだれでもだめだった。片岸和枝も特別だ。この子がこの町に引っ越してきて、この山に住んだ。それが始まりだった。すべての条件がそろってしまったのだ。

そして水沢さんは私たちのほうを見る。

「彩香ちゃんも正尚くんも……桂次郎くんも。よくぞこうしてそろってくれた。私たちを見つけて、相手をしてくれた。まるで私たちが、生きた人間みたいに」

「あなたの思いがみんなを招いた」

澪は言った。

「それがあなたの力です。あなたはもう、道を進んでいた。自分の足で」

水沢さんは、大きく目を見開いた。その瞳は煌めいている。

自分の背後を振り返った。石丸さんとシゲルが、お互いを支え合うように立っている。涙を流しながら大家さんを見つめている。

水沢さんは晴々した顔で言った。

「さあ、行きましょうか。そろそろ」

すごく気楽な言い方だった。散歩にでも誘っているように。

二人は強く頷いた。

「元気でね」

石丸さんが和枝の手を握る。次いで、私の手も握ってくれた。温かかった。

シゲルはすっかりべそを掻いた子どもの顔で、

「悪かったな。なんか」

私からそっぽを向きながら、詫びた。最後まで素直じゃない。でも、その口からは煙草が消えている。きれいさっぱり。

庭の洗濯物も跡形もなく消えている。もう要らなくなったのだ。

「どこへ行くの？」

私は訊いた。

「とりあえず山の頂上へ」

水沢さんは答えてくれた。

「あそこには、眩しくてよく見えない場所がある。怖くて近づけなかったが、いまなら分かる気がするんだ。あそこが、どういう場所か」

澪はただ頷いた。なにも言わない。よけいなアドバイスはしないと決めているみたいだ。

そして水沢さんも、なにか訊くことはなかった。その顔は透明なまでに明るい。

「じゃあ、またどこかで」

ふわりとした軽い声だった。水沢さん自身も、風のようにふわりと歩き出す。アパートの裏から、山の頂上へと向かう道を登り始める。石丸さんもシゲルも続いた。

三人の姿が遠ざかってゆく。

「またどこかで！」

和枝が、水沢さんに答えた。たまらなくなって、うう……と声をもらす。

サナオまでがもらい泣きしている。

私は、泣いたかどうか憶えていない。ほんとうだ。

たぶん、桂次郎のようにがんばってこらえていたと思う。だけどはっきりしない。

なぜなら、私はその直後に気を失ってしまったからだ。

山道を登っていくみんなの姿ならはっきり憶えている。水沢さんを先頭に遠ざかってゆく。一歩一歩。見えなくなるまで、和枝とサナオと、桂次郎といっしょに突っ立って見送っていた。

澪もじっと見ていた。三人が去るのを見届けると、やがてサングラスを取り出してかけた。

美しい煌(きらめ)めきが見えなくなる。

その瞬間、私の意識はフッと途切れた。

エピローグ

「いきなり気を失っちゃうんだもん。驚いたよ」

「あんただけには言われたくない」

この漫才（まんざい）みたいなやりとり。どれだけいまが気楽かということだ。

十年後の東京でこんな日を迎えられるなんて、あの日は想像もできなかった。

そう――私はあそこで気を失って、その後のことをまったく憶えていない。

「ずっと緊張してたから、気持ちが切れちゃったのね」

あとで和枝に言われた。気を遣われて恥ずかしかった。和枝の言うとおりだろうと思う。だけど悔しくて仕方ないのだ。あのあと、澪に訊きたいことがいっぱいあったのに。

訊けたかどうか自信はない。だけどお礼と、お別れぐらいは言いたかった。私が自分の部屋で目を覚ましたときは、澪は今度こそ旅立ってしまっていた。

「ぼくはもうすっかり目が覚めてたのになあ。あのあとも、面白いことがいっぱいあって……」

「うるさい」

私は乱暴にさえぎる。

「怖いときは都合よく気を失って、大丈夫になると目を覚ますなんて。調子よすぎるのよあんたは！」

サナオは苦笑いした。でも言い訳はしない。少しは大人になったみたいだ、と思った。何度見てもネクタイは似合わないけど。

サナオは私から目を外した。遠い目になる。

「ぼくには、彩香が言うでっかいクモとか、見た憶えはないけど――」

「マジで？」

こいつは蜘蛛男を見てる。一度目を覚ましたときに。で、恐怖のあまりまた気絶した。そうやって、恐ろしい記憶まで消してしまったらしい。なんて便利なヤツだろう。

「ホント信じられない」

呆れ返る私に、サナオは変に真剣に言う。

「でも、疑ってない。信じてるよ。あそこであったことが、彩香が見たままだってことを」

当たり前でしょ、と言いたくなる。

だれがなんと言おうと、自分が見たままのことを私は語っている。

夢や妄想と言われてもかまわない。自分で言っていても信じられないようなことばかりなんだから。

それでも、私には見えた。和枝にも桂次郎にももちろん見えていた。

だけど、いま振り返ると——蜘蛛男や鎧武者や、生首や、人が囚われた繭よりも、もっと信じられないものがある。

それがあの子だ。

いまだによく考える。あの子はちょうどあの季節に、どうして町にいたのか。なにかの恵みとしか思えなかった。澪があの不思議な目で、困っている私たちを見つけ出して、自分から近づいて来たのかも知れない。見るに見かねて助けてくれたのかも知れない。

お別れも言えないで十年も経ってしまったいま、黒瀬澪という女の子はあの、さまよう死者たちと同じくらい夢のような、遠い人に感じられた。

遠い異国で、いまも息をし、体温を持ち、あのサングラスをして生きている。

それが実感できない。まるで想像上の人物のような気がした。

私がそう言うと、サナオは笑った。

「あの子はふつうの女の子だよ」

なにその軽薄な言い方。ちょっと殴りたくなる。

「もちろんすごい子だけど、ただの小学二年生でもあったんだ。だってあの子もグロッキーで、あのあと座り込んじゃったんだから」

「え！　なんで？」

私は椅子をギシッと鳴らしてしまう。サナオは平気な顔。

「疲れたんだよ。だってあんなに小さいのに、山の上までがんばって登ってきて、そういうおっかないのと戦ったんだもん。さすがにバテたんだと思う。彩香みたいに気を失ったわけじゃなかったけど、もう、ひとりじゃ立てないぐらいでさ」

「……知らなかった」

ほんとうに意外だった。私の記憶のなかでは、澪はどこまでも超然としているのに。

「なんで教えてくれないのよ」

「えー、だって」

サナオは口を尖らせた。

「ぼくは知ってたもの。基本はふつうの小学二年生だって。ときどき、子どもと大人が入れ替わるような感じかな。でもどっちも澪ちゃんなんだ。あんな面白い子いない。だから大好きになったんだよ」

幸せそうな顔をしたサナオの向こうずねをよっぽど蹴りそうになった。説明が足りないのよ。肝心なことは伝え忘れる。それもサナオの得意技だ。相手を苛立たせる天才。彼女にフラれるのなんか当然。

あの日、あのあとなにがあったのか。サナオから聞いているのは、和枝のお母さんのことぐらいだ。

私が気を失った直後のことだったという。

「和枝?」

呼ぶ声が聞こえた。サナオが振り返ると、痩せた女の人がいる。

和枝のお母さんが山道を上ってきたのだ。

そのときには、カラスたちは鳴くのをやめ、鎧武者は完全にいなくなっていたそうだ。

「おかえり」

和枝は嬉しそうに母親を迎えた。恨むような様子はまるでなかったし、いない間に

なにがあったのか話す気もなさそうだった。サナオは、すごくもどかしい気分になったらしい。でも、

「あら、お友達？……ごめんね。ずっと一人にして」

初めて見る和枝のお母さんの顔は思っていたよりずっと優しそうで、サナオはちょっとホッとしたそうだ。娘を一人にしてさすがに心配だったようで、和枝をぎゅっと抱きしめてから、お母さんは一生懸命説明を始めた。新しい仕事が決まったから急いで帰ってきたの……松本のおじさんが助けてくれて、旅館で働き口が見つかったのよ……

親戚を頼って、別の町で仕事を探していたのだと分かった。

「もう一人にしないからね。ここを出ましょう。この町を」

お母さんは笑顔で言ったそうだ。サナオは複雑な気分になった。お母さんがこの町を嫌っているのがありありと分かった。娘を早くこのアパートから連れ出したくてたまらないんだ。

「だったら初めから、こんなところに残してかなきゃいいのに。一人娘を。なんか腹立った」

サナオの正直な感想。私もまったく同感だった。

でもお母さんもせいいっぱいやったのだろう。できる限り早く戻ってくると決めて、懸命に仕事を探して、ちゃんと決めて帰ってきた。一人で留守番する、と決めたのは和枝だったのだ。水沢さんたちのために。

そしてまもなく和枝は転校していった。

入居者のいなくなった山の上のアパートは、その年のうちに取り壊された。片岸親子が最後の入居者だった。

ふうう……と私は思わず、大きく息を吐く。

椅子に深く沈み込むように腰かける。サナオが、妙に優しく微笑んだ。

私は憶えている限りのことを語り尽くした。

カフェラテはとっくになくなり、そのあと何杯かもらった水も飲み干してしまった。それでも私は見たままのことを、記憶が途切れるまでのことをぜんぶ、しゃべることができた。嬉しかった。そして、新鮮だった。あの頃感じていたことが、いま感じたように胸のなかを満たしている。

「改めて思い出しても、やっぱり夢みたいね。なんか笑っちゃう」

空の青に目をしばしばさせながら、私は言った。

「うん。ほんとに、不思議な日だった」

サナオはニコニコするばかり。途中からキーボードに打ち込む手が止まってしまった。追憶に夢中で、手が追いつかなくなったらしい。気持ちは分かった。

ふと、テーブルの上を動くものが見えた。

サナオの手の脇をなにかが動いている。

小さな身体で、健気（けなげ）に前に進むその姿。

「あ、クモ」

自分の声の軽さに思わず笑った。

怖がっていない自分が嬉しい。かわいい、とさえ思っている。

あの山の上であんな目に遭っても、私は蜘蛛を嫌いになったりしなかった。むしろ好きだ。クモは働き者。そして、美しい網を作り上げるアーティスト。悪者じゃない。

だいいち私は、蜘蛛に借りがある。桂次郎に命じて子どもを踏みつぶさせたんだ。

蜘蛛を嫌いになる資格なんてない。あんな蜘蛛男に遭う破目になったのも、子どもの頃のタタリ。当然の報いだった。そんな気がしてるぐらいなんだから。

あの化け物は本当に怖かった。でも、怖いのは蜘蛛じゃなくて闇だ。あの向こう側にあったもの。あの八つ目の奥に見えた、果ても知れない暗黒。

澪は言っていた。

「この町の闇に潜むなら、蜘蛛の姿をとるって見当がついてました。ひねりがなくて、おかしかったぐらい」

いまなら意味が分かる。蜘蛛の姿をとれば、あの町の鎧武者の亡霊たちや、カラスたちに言うことを聞かせられる。それが狙いだったんだ。あの土地では蜘蛛がいちばん偉いって決まってたから。本当にズルいやつだった。生者と死者、全員をだましたんだ。

あの人――刈谷老人と呼べばいいのか、それともほかに本当の名前があるのかは分からないけど――が別の町でまた悪巧みをするとしたら、まったく別の姿を借りるのかも知れない。

あんなのに、あのあと二度と会っていない私は、幸運だ。胸の底からそう感じる。でもまたきっとどこかで会うと、なんとなく覚悟している。

生きている間か、死んだあとかは分からないけど。

会う必要があるんだ。たぶん――すべての人が。

逃げることはできない。いつか、対決しなくてはならない。

小さな蜘蛛はテーブルの端まで来ると、少しのあいだ考えていた。それから、地面に向かって下りてゆく。自分の糸のエレベーターで。

私は微笑んでそれを見送った。彼には彼の冒険がある。

サナオも微笑んでいることに気づいた。ただ蜘蛛を見守っている。

「ぼく、気を失ってるあいだも変な夢をいっぱい見た気がするんだ」

ふいにそう言い出した。

「どれが夢でどれが現実かはっきりしない」

「へー。どんな夢？」

私は訊いてあげる。

「いったん列車に乗った澪ちゃんが、引き返して、町に戻ってくる夢とか。だから、澪ちゃんが来る、一生懸命山を登ってくるって、知ってた気がするんだ」

「マジでぇ？」

私は茶化(ちゃか)すように言ってしまった。

でも、サナオと澪ちゃんは親しかった。気持ちがつながってるようなことが、なかったとは言えない。

「あたしたちが怖い目に遭って震え上がってるあいだ、あんたは助けに来てもらう夢を見てたわけね」

「そうだよ」

　サナオは悪びれていない。目尻を下げて笑う。

「だから怖くなかった。澪ちゃんの凄さは、なんとなく知ってたからね」

「そのわりには何回も気を失ってたけど」

「もう……かんべんしてよ。一生言われるんだろうな、これ」

　サナオの観念したような、苦り切った笑み。ちょっとだけかわいそうになった。手加減してやろう。

「でも、あたしが気を失ってからはあんたの記憶に頼るしかないから。詳しく教えて。和枝のお母さんが帰ってきて、それからどうなったの？」

「みんなで山を下りたのさ、もちろん」

　サナオはニヤリとした。

「どうやって山を下りたのかさっぱり憶えてない」

　私が言うと、サナオは得意げな顔になる。

「ぼくがおんぶして下りたんだよ」

「……うそ」

　いちばん意外な話だ。それだけはないと思っていた。朦朧（もうろう）としながらもなんとか、自分の足で下りた。それか、桂次郎がおぶって下りてくれた。そう思い込んでいた。

「憶えてないんだな、やっぱり」

サナオの笑みが深くなる。

「我ながら、気絶なんかしてて不甲斐ないと思ったから、目が覚めてからは頑張ったんだよ」

「……そうだったんだ」

私は、うふふ、と声を出して笑う。

それから、できるだけ真面目な顔をする。

「ありがとう」

素直に言えた。

サナオは笑った。見たこともないような大人びた笑いだった。

十年前もこんな顔で私をおぶったんだろうか。あたしみたいな大女（当時はまだサナオより私のほうが大きかった）、しんどかったと思う。でもサナオは音を上げなかった。無理やり私を正気づかせることもしなかった。黙って家まで送り届けてくれた。

「澪ちゃんのことは、桂次郎がおんぶして下りた。山を下りる頃には澪ちゃんも元気を取り戻したんだけど」

そうか――桂次郎。私の口は閉じてしまう。

やっぱりあの日、あそこにいた全員が必要だったんだ。一人欠けてもだめだった。私はそう、静かに思った。

そして今日、また集まろうとしている。あの日のみんなが。

私はケータイのディスプレイで時間を確かめて、

「そろそろだね！」

わざと明るく言った。サナオが私に訊いてくる。

「和枝とはいつ連絡が取れたの？」

「ずっと取ってたの」

私は言う。

和枝が転校して行ってしまってから、一度も会っていない。だが手紙のやりとりは続けていた。

地方の短大を卒業した和枝が、この春、東京で就職した。

大学進学ですでに東京にいた私とサナオが、彼女と会わない理由があるだろうか？

私たちは今日、両手を広げて旧友を迎える。十年ぶりの再会だ。

思い出話をしよう。いろんなことを。同じ学校にいた一年にも満たない時間のことを。

でも――どうしても、あの日の山の上の話になってしまうだろう。それをたぶん、お互いに望んでいる。

十年前に訊けなかったことがいっぱいある。

和枝は、死者たちとどんなふうに出会い、どんなふうにあそこで暮らしていたのか。なんと言っても、死者たちのいちばん近くにいたのが和枝だ。きっと、私たちが見ていないものをたくさん見ている。話を聞けばまた、違う角度からあの日が見えてくるだろう。私の思い出も修正を迫られるかも。意外な事実が飛び出してくるかも。

怖いけど楽しみだ。

そしていま、和枝がどんな女性になっているか……。なんとなく想像しているとおりの、落ちついた物腰の、大人の女の顔をしているだろうか。目の憂いはあの頃のままか。

動悸(どうき)が高まる。ほんとうに、まもなく和枝がここに来るのだ。

緊張を隠しながら、私はサナオに向かって訊いた。

「あなたのほうは？　いつ澪ちゃんと連絡取れたの」

「うん。先月。ちょうど日本帰るって聞いて」

サナオはなんでもないことのように言った。私は込み入った気分になる。ちょっとだけ、横っ面を張りたくなる。

サナオは分かってるんだろうか？　彼女がここに来る。そのことの重みを。

「ずっとドイツにいたわけじゃなくて、いろんなとこにいたみたいだし、日本に戻ってた時期もあったらしいんだけど。久々に連絡取ったら、ちょうど日本に戻るっていうから。和枝と会うからちょうどいいって思ってさ」

本当だ。なんて絶妙なタイミング。なにかの巡り合わせだ。

ちょうど十年目にみんながそろう。

「お手柄ね。サナオにしては気が利く」

私はにやにやしてみせながら、緊張がどんどん高まるのを感じた。気を抜くと眩暈で視界がぐらついてしまうほどだ。

和枝だけでも手いっぱいなのに、あの子まで来るなんて……ちょっと逃げ出したくなる自分がいる。会いたいのに、顔を見るのが怖い。

見られるのが恥ずかしい。あの瞳に。

私は、会って恥ずかしくない自分だろうか。

この十年の自分を誇れるか。私は、正しくいられたか。

あの日の自分と、あの日のみんなを裏切らないように、生きてこられたか。

自信がなかった。弱くて情けないままの寺前彩香を見て、きっとがっかりされる。

「ぼくも十年ぶりだよ。山を下りて彩香を家まで届けたあと、駅まで送っていって、あれ以来だもんなあ。澪ちゃんのお父さんとお姉さんが待ってたんだ。澪ちゃん、お姉さんに叱られてた。無茶するなって」

「へえ、お姉さん？」

澪の家族。ちょっと興味が湧く。

「うん。中学生ぐらいの。だけど、澪ちゃんのことが大好きみたいだったよ。澪ちゃんがなにしてたのかも、なんとなく分かってるみたいだった」

やっぱり彼女はふつうの小学生でもあった。家族に愛され、心配されていたのだ。

なんだかうまく想像ができないけど。

私が知っているのは、あまりに深い叡智を持つ、とてつもなく強い彼女のほうだから。

「なんか、ドイツ行ってからも大活躍だったらしいよ。そのあとも世界のいろんなところに行って、行く先々でいろんな事件があったって。詳しい話が聞けるんだろうなあ、楽しみでしょうがない」

澪は大冒険をたくさんしたみたい。

そうか。そうだろう。少しも不思議じゃない。

あのサングラス——神秘的な光を隠す漆黒が目に浮かぶ。

あの子の行く先々でなにかが起こる。たぶんそこには、とんでもなく奇妙な事件や、ふつうでは理解できないような災難が起きて、苦しんで助けを求めている人がいる。

あの子はそれを見つけてしまうのだ。そして手を差し伸べる。

不思議な力で闇を照らす。隠れている本当の姿を、見せてくれる。

私のなかで、黒瀬澪はいまも小学二年生のままだ。あのままの小さな姿なんだと、心のどこかで信じている。

でもあれから十年。澪も十七歳、女子高生だ。

ああ、想像がつかない。あの頃、もう百年生きた賢人のようだったのに、いまどうなっているのか。

サナオのウキウキ顔が本当に解せない。また向こうずねを蹴りたくなる。あんな子と知り合いなのに、それを特別なことと思っていない。おめでたいというか、宝の持ち腐れというか。私の不穏な表情を見てなにを思ったのか、サナオの顔が翳った。

「桂次郎だけは、残念だけど」

やっと聞こえるぐらいの声だった。

桂次郎の名前を出すと、私が不機嫌になるのを知っているからだ。いつもならたしかにそう。だけど今日はサナオにキレたりしない。ほんとうに、言葉では言えないほど残念だから。

今日は——桂次郎に向き合う。避けて通れない。そう覚悟してきた。本人には会えない。だからこそ、私は向き合わなくてはならない。木田桂次郎は今日、ここに来られない。

去年それを知った。

知らせてくれたのは、サナオだ。

電話の向こうでまくし立てるサナオの声が私を麻痺させた。遮ることもできなかった。

そのころ桂次郎は、地元の県警の警察官になったばかりだった。そのことも、その電話で知ったのだ。

小学校を卒業した私たちは、中学から別々になった。私がとなりの学区に移ったからだ。お父さんの仕事がうまくいかなくなって、一戸建てを手放してマンションに移った。だから私は、中学以降の桂次郎のことはよく知らない。（サナオのほうは初めから学区の境目に住んでいたから、中学でもいっしょになった。まさに腐れ縁だ。）

中学生以降の桂次郎を見たのは、一度だけ。地域対抗の競技大会でのことだった。彼は陸上トラックに、こっちはスタンド席にいた。私はその他大勢といたから、向こうは私に気づかなかったと思う。

中学三年生の桂次郎は相変わらず坊主頭で、背もあんまり伸びてなかったからすぐ分かった。桂次郎は短距離走の選手になっていた。スタートラインでは見るからに集中した厳しい顔をしていたけど、ゴールしたあとはうって変わって明るい顔になった。友達と肩をたたいて笑い合っていた。

友達。

桂次郎、友達できたんだ……よかった。あんなふうに笑ってる。初めて見た。

それだけじゃすまなかった。友達の輪のなかには、女の子もいた。

男の友達が離れていった。桂次郎は女の子と二人きりになった。

どういう関係かは、二人の顔を見ていれば分かった。遠くて会話の内容は聞こえなかったけど、聞くまでもない。

私はひどく幸せな気分になったのを憶えてる。もちろん、声をかけずに帰った。

高校以降の彼のことは知らない。一度も姿を見ていない。

でも彼はいつからか、警察官を志すようになったらしい。そして実際に、なれたのだ。

『パトロール中に怪しいヤツを見つけたんだってさ、泣いてる子どもの手を引いてるヤツで……』

電話のサナオの言葉は行ったり来たりで要領を得ない。それでも、伝わってきた。

桂次郎は路上で男を呼び止めて職務質問をした。

『そいつ、テンパっていきなりナイフ出してきたんだって、で、桂次郎に向かって』

そのあとサナオがなにを言ったのか記憶にない。

『……子どもは、無事だったって』

その言葉だけが胸に焼きついた。

気がつくと私は受話器を置いていた。

時間を盗まれたように、一時間以上が過ぎていた。

もう夜更け。大学二年生の私は、電話を受ける前は明日のゼミのことばかり考えていた。そんなことまったくどうでもよくなった。

ベッドへ行って毛布にくるまった。

桂次郎は命を懸けて子どもを守った。

その事実だけが、光を放つ折り鶴のように私の胸に納まった。

泣いたかって？　いいや、泣いてない。断じて。

だって桂次郎は死んでないから。私の心が、頑固にそう決めているから。もう桂次郎の話は聞かないし考えもしない。彼がいまどうしてるかとか、元気だろうかとか。サナオの電話は悪い夢だった。そう決めている私がいる。サナオもそれを察して、桂次郎の話は一切しなくなった。

でも私は、ふとしたときに……学校に向かう電車のなかや、ピアノ教室で生徒がピアノを弾いているときとか、夜中に部屋のソファでぼーっとしてるときとかに、祈っている自分を見つける。水沢さん、桂次郎をお願い。あの子を見つけて。仲間に入れてあげて。そしてあの子を導いて。決して迷わせないで、ひとりぼっちにしないで、と。

ふいに、焼けつくように思う。私が死んだときは放っておいていいから。ひとりで大丈夫だから。たとえ道が見つからなくてさまようことになったとしても、淋しくないから。お願い、あたしなんかにかまってるヒマがあったらあの子のことを……

祈りが届いているかなんて分からない。

苦しいときにうめき声が出るみたいに、ただ自然に祈っているだけ。

でも逆に、どうしようもなく腹が立ってきて、わめき散らしたくなることもある。

人の寿命を決めているヤツがいるとしたら、どうしても一言、文句を言いたい。頭悪いんじゃないの？　どうして私より長く生きるべきだって思う人たちばかり先に行ってしまうの？　って。

なんでもう会えないんだろう。

いつか会えると思ってたのに。きっとまた話ができると思ってたのに、会えない。あの山に登ったとしても無理。あそこにはもうだれもいない。少なくとも、私が知ってる人は。

また別のとき、私はこう考えもした。

桂次郎は、私のことを憎んだまま死んだのだろうかと。

幼い日につらい目に遭わせた私を、恨んだままだったのだろうかと。

でも、私のすぐ目の前に立ったあの子の背中を憶えている。

あの瞬間の記憶。闇と私のあいだに立ちはだかる小さな男の子。

命を懸けてくれているように見えた。

怯える私の前で蜘蛛を懸命に踏みつぶそうとした。

いつだって、あの子は私のことを……

背中が痛い。じっと動かなかったから、椅子の背もたれに私の背中が食い込んでいる。

少し前屈みになって、サナオを見た。

サナオは私を見つめていた。

「だいじょうぶ？」

と訊いてくる。なによ、そのしおらしい声。

でも私は素直に頷いてみせる。

あんたがここにいる。生きてる。手をのばせば触れる。それが嬉しい。でかした、と言ってやりたくなる。絶対言わないけど。手ものばさないけど。

私たちは到着を待っている。

片岸和枝と、黒瀬澪。

ふたりと会って、十年の空白を埋めようとする。

埋まるはずないけれど、それでもできるだけ。

どんなに待っても桂次郎は来ない。

そんなこともう分かってる。

でも私はどこかで信じていない。今日はたまたま来なかっただけ。そう思い続けるだろう。なにがいけないの？

今日、水沢さんたちと会えないのも淋しかった。でも……

あの日のことを思い返すと、もう、だれが生者でだれが死者だったのかなんて、意味のないことのような気がした。

下手をすれば私だって、彼らと一緒に山道を登ってどこかへ消えていたかも知れない。あの日はそれぐらい、生と死が近かった。

あれ以来あんな場所に行ったことはない。死者を見たことは一度もない。

それでも――私もいつかあの道を往く。

この世とは別の場所に通じる山道を上ってゆく。

いつになるかは分からない。うまく上れるかどうかも、分からない。

私も必ず道に迷う。いつまでもさまようのだろう。導き手を見つけられずに。

この世に未練たらたらで、いつまでも自分が死んだことを認めることができなくて、だれかに甘えて、間荘みたいな場所を見つけて、生きてるみたいなふりしてこの世に居続ける。そんな死者たちを責められない。私だってそうなるから。

だって別れは悲しい。自分が死ぬなんて、この世から去らなくちゃいけないなんて、つらすぎる。

でも、先に行ってしまった人たちがいる。

もし、また会えるとしたら……いっしょに行ってくれるとしたら。

私はカフェを見渡す。若者だらけだ。みんなめいっぱいおしゃれをして、異性の前でかっこつけたりかわいこぶったり背伸びをしたりして、そして……ここにいられて嬉しいと思ってる。生きることを楽しんでいる。幸せそうだ。

それでいい。でも、いつか終わる。そのことも忘れずにいたい。

五月の無敵の青空を目に沁み込ませながら、私は思った。

いっぱいの陽射しのなかを、だれかの気配が近づいてくる。

懐かしくてあたたかい気配が。

「久しぶり。彩香。正尚くん」

声が、私たちのテーブルに届く。

「和枝……」

私は名を呼ぶ。

あふれる思いがテーブルの上にこぼれ出すような気がした。

ついに会えた。

あの暗い雨の日から、太陽が降り注ぐ今日へ。

私たちの心は十年を一気に駆け抜けた。

そして、和枝は一人じゃなかった。だれかを連れている。

和枝より頭一つ分小さい。

「そこで会ったの」

和枝は言った。

となりの女の子が頷く。

面影が、重なる。

「……澪ちゃん？」

問いかけに答えるように、満面の笑みが広がった。

◎本作品はフィクションです。実在の人物、団体等とは一切関係ありません。
◎本作品は書き下ろしです。

はざまにある部屋

潮文庫　さ－5

2020年7月20日　初版発行

著　　者　沢村 鐵
発 行 者　南 晋三
発 行 所　株式会社潮出版社
〒102-8110
東京都千代田区一番町6　一番町SQUARE
電　　話　03-3230-0781（編集）
03-3230-0741（営業）
振替口座　00150-5-61090
印刷・製本　株式会社暁印刷
デザイン　多田和博

ISBN978-4-267-02251-7 C0193